Desmarest del..
F. Landry Sculp.

SAUL

TRAGEDIE.

Tirée de l'Ecriture Sainte.

Par M. l'Abbé NADAL.

Le prix est de vingt sols.

A PARIS,

Chez la Veuve RIBOU, ruë des Fossez
saint Germain, vis-à vis la Comedie
Françoise, à l'image S. Loüis.

M. DCC. XXXI.

Avec Approbation & Privilege du Roy.

EPITRE.

que je prends de lui offrir cette Tragedie. Mais je la supplie de croire,
que quelque puissante que soit sa pro-
tection, c'est un hommage rendu à des
qualitez plus précieuses que toute la
gloire & tous les avantages de son
sang. Cet esprit de discernement,
qui dans les Ouvrages les plus élevez,
s isit d'abord ce qu'il y a de bon &
de mauvais ; qui se fait jour au tra-
vers de toutes les expressions, & de
toutes l s Images qui peuvent nous
séduire & nous éblouïr davantage,
pour considerer les choses de plus près,
& ne les regarder qu'en elles-mêmes;
cet esprit de discernement, MON-
SEIGNEUR, tel que nous l'admi-
rons dans V A. R. n'est d'ordinaire
que le partage des ames du premier
Ordre, & ne marche gueres, si j'ose
le dire, qu'avec les plus grandes
vertus. Quel bonheur pour toutes les
personnes, dont la profession est de
cultiver les belles Lettres, de trouver dans un grand Prince, comme
vous, le Protecteur de ces mêmes Ou-

vrages, dont vous êtes devenu l'Arbitre par la netteté de vos jugemens
& de vos décisions ! Si lorsqu'on entreprend de faire des Tragedies, on se
proposoit l'honneur de vous plaire,
& de travailler selon votre goût, ce
seroit sans doute un objet capable de
remuer puissamment, & d'élever l'a-
me d'un Poëte. Il faut le dire aussi,
MONSEIGNEUR, rien n'est plus
digne du loisir des plus grands Hom-
mes, que ces sortes de spectacles, qui
sont faits pour le cœur & pour l'esprit,
& dont la raison elle-même s'est servie,
pour nous ramener à nos devoirs par le
plaisir le plus noble & le plus délicat.
Pour moi, MONSEIGNEUR, excité
par une approbation aussi glorieuse que
la vôtre j'oserai tenter de nouveaux
efforts : Heureux si ayant à peindre des
Heros, non pas toujours tels qu'ils
étoient, mais souvent tels qu'ils de-
voient être, cette occasion me procu-
roit l'honneur d'approcher de plus près
VOTRE ALTESSE ROYALE,
& me mettoit à la source de ces grands

fentimens dont nous n'avons que de legeres idées. Je fuis avec un refpect profond ,

MONSEIGNEUR,

DE VOTRE ALTESSE ROYALE,

Le très-humble & très-
obéiffant Serviteur ,
L'ABBE' NADAL.

PREFACE.

J"Ay toujours regardé Saül comme un sujet, qui dans l'Ecriture Sainte revenoit en quelque sorte à celui d'Oedipe dans la Fable, c'est-à-dire comme un sujet qui avoit toutes les qualitez qu'Aristote demande pour la perfection du Poëme Dramatique.

Saül, en effet, ne nous paroit d'abord ni juste ni méchant dans un souverain dégré. & à ne regarder que d'une premiere vûë ce qui a donné lieu à sa réprobation, il seroit difficile de le condamner jusqu'à lui refuser sa pitié. Il entre même dans sa désobéissance, je ne sçais quelle religion & quelle vertu ; & s'il tombe ensuite dans une infinité de crimes, c'est comme involontairement, & comme emporté par l'effet d'une Justice terrible.

Le Prophete Samuël lui ordonne de se rendre à Galgala, & de l'y attendre pendant sept jours pour offrir le Sacrifice au Seigneur. Saül pressé par les Philistins, & même abandonné par les siens, voyant que le septiéme jour étoit venu, & qu'il n'avoit point encore de nouvelles de Samuël, crut qu'il ne devoit point engager le combat sans avoir appaisé le Seigneur ; il osa donc lui sacrifier, & Samuël arriva lorsqu'il achevoit d'offrir l'Holocauste. Cette précipitation de Saül contre les ordres de Dieu & de son Prophete, a été la premiere cause de sa réprobation.

PREFACE.

Les Amalecites étoient venus fondre avec toutes leurs forces sur le Peuple de Dieu au sortir de l'Egypte ; Dieu fut irrité contre la perfidie d'un peuple, qui étant sorti d'Esaü, & par conséquent d'Abraham comme les Israëlites, se devoit considerer à leur égard comme leur étant uni par le lien du sang. Dieu dans la colere dit à Moyse *J'exterminerai Amalec ; & il y aura une guerre de race en race entre lui & moi.* Quatre cens ans apres, Dieu choisit Saül pour executer sa volonté dans la ruine de ce Peuple. Il lui fit dire par Samuel de marcher contre Amalec. & de passer tout au fil de l'épée, depuis l'homme jusques à l'enfant qui seroit à la mamelle, & jusques aux vils troupeaux. Saül tailla en pieces tout ce qui se trouva depuis Hevila jusqu'à Sur, qui est vis-a-vis de l'Egypte ; mais il épargna Agag leur Roi qu'il avoit pris vif, & reserva ce qu'il y avoit de meilleur dans les Troupeaux pour l'immoler au Seigneur.

Telle a été la seconde désobeïssance de Saül ; de-là ce trouble dans son esprit, qui succeda à l'Esprit de Dieu ; de-là le meurtre de plus de quatre - vingt Prêtres revêtus de leurs habits sacrez ; la désolation de toute la Ville Sacerdotale de Nobé ; cette haine si injuste & si cruelle dont Saül fut animé contre David ; cette consultation de la Pytohnisse, la défaite d'Israël ; & enfin la mort de ce malheureux Roi, qui est l'action de ma Tragedie.

J'ai dérobé l'apparition de l'ombre de Samuël au Spectateur, non seulement par la difficulté de l'execution sur le Theatre, mais encore parce qu'il m'a semblé que l'Ombre en paroissant, n'ajouteroit rien à la terreur que j'ai crû qu'exciteroit la reconnoissance du Roi, de la maniere qu'elle est amenée. D'ailleurs la conduite que je gardois en cela, rejettoit dans le

PREFACE.

quatriéme Acte le recit de cette même apparition, qui pouvoit être assez vif pour se soutenir
encore après la Scene de la Pythonisse & de
Saül. Je ne dois chercher à justifier ma conduite
en cela, que par le grand succès de cette même
Scene, qui (si j'ose le dire) a également saisila
Cour & la Ville.

Les Interpretent de l'Ecriture demeure d'ac-
cord, que cette appartition de l'ombre de Samuël se fit par un ordre particuliere de la justice de Dieu, qui prit le moment d'un évocation
vaine & sterile, pour produire un evenement
aussi extraordinaire que celui-là, & qui épou-
vanta la Pythonisse elle-même.

Quelques-uns disent que le Démon qui se
transforme en Ange de lumiere, se presenta
alors à Saül sous la figure de Samuël; & le sen-
timent de quelques autres est que l'ame même
de Samuël s'apparut à Saül. Ce qui est dit dans
l'Ecclesiastique, favorise cette derniere opi-
nion : *Samuël*, dit l'Ecriture, *s'endormit du sommeil
des Justes, & il fit connoistre au Roy la fin de sa vie. Sa
voix s'éleva du fond de la terre pour prophetiser la ruine
des Impies.*

L'Episode d'Asser m'a parut necessaire. J'ai
crû qu'il falloit mettre David dans un plus grand
peril & par consequent lui opposer quelqu'un
qui fût interessé à la perdre, & à qui je donne-
roit toute la confiance de Saül. C'est ce qui m'a
obligé même de rendre Asser amoureux de Michol, pour lui donner par là des motifs plus
pressans pour agir contre David.

Je fais venir David du Camp des Philistins
dans celui de Saül; quoi qu'ayant été quelque
temps dans l'Armée ennemie, disposé même en
appance à combatre contre Israël, il eût cependant été obligé, sur l'émulation des Chefs des
Troupes des Philistins, de se retirer dans Sice-

PREFACE.

ſeg, qu'Achis Roy de Geth lui avoit abandonné pour ſa demeure, & qui paſſa depuis de cette
maniere ſous la domination des Rois de Juda.
Mais cette licence m'a paru d'autant plus per-
miſe, qu'elle m'a ſervi à déployer le caractere,
& à mettre dans un plus grand jour les mœurs &
les ſentimens de David. Je n'ai point crû que
Saül dût expirer ſur ſa haine. Et voulant ſauver
aux yeux du ſpectateur cet air de réprobation
qui auroit pû le lui rendre odieux, je me ſuis
ſervi du retour de David, pour ménager une
reconciliation entre lui & Saül mourant d'un
coup mortel qu'il vient de ſe donner, & qui
ſemble lui rendre toute ſon innocence.

J'ai pris quelques libertez à l'égard de quelques noms, pour ne me ſervir que de noms con-
nus & conſacrez. J'ai parlé de Sion, comme
étant ſous la domination de Saül, quoique je
n'ignoraſſe pas que les Jebuſéens en fuſſent alors
les maîtres, & que ce fut ſur eux que David
longtems après reprit cette Forterelle. Le Poëte
ne peut ni doit être auſſi exact & auſſi ſcrupuleux
que l'Hiſtorien ; & ceux qui ont traité de ſacri-
lege la moindre alteration des circonſtances tant
ſoit peu conſiderables de l'Ecriture-Sainte, nous
ont appris par leur exemple à négliger quelque-
fois leurs préceptes.

APPROBATION.

J'Ai lû, par ordre de Monseigneur le le Chancelier, *Saül*, *Tragedie*; dont J'ai crû que l'impression seroit utile par la sainteté du Sujet, & très agréable par toutes les beautez de la Poësie. Fait à Paris ce vingtiéme Mars 1705.

Signé, DANCHET.

****

ACTEURS.

SAUL, Roi d'Ifraël.

JONATHAS, Fils de Saül.

MICHOL, Fille de Saül & Femme
de David.

DAVID, Mari de Michol.

ASSER, Confident de Saül.

ELISE, Confidente de Michol.

ACHAS, Confident de Jonathas.

LA PYTHONISSE, ou Magicienne.

ISRAELITES, de la fuite du Roi.

*La Scene eſt dans le Camp, aux environs
de Gelboé, dans la Tente de Saül.*

SAUL.

SAUL,
TRAGEDIE.

ACTE PREMIER.

SCENE PREMIERE.

JONATHAS, ACHAS.

ACHAS.

Uoi? Saül, qui par tout vainqueur
   des Philistins,
D'Israël abbatu releva les destins,
Qui vit à le servir nos Tribus toû-
   jours prêtes,
D'Hevila jusqu'à Sur étendre ses
conquêtes,
Brisa l'orgueil des Rois soulevez contre lui,
Attend-il qu'en son Camp on le force aujourd'hui?
Et démentant ici sa conduite ordinaire....

JONATHAS.

Et ne connois-tu pas le trouble de mon Pere?
Dans les divers transports dont il est combattu,
De ses malheurs, du moins, separe sa vertu.
J'en rougis comme toi; mais parmi tant d'allar-
   mes,
Il faut le plaindre, Achas, & lui donner des larmes.

A

Tu fçais, pour l'élever au suprême degré,
De quel état obfcur le Ciel l'ayant tiré,
Fit monter fur un Trône où tant de fplendeur
        brille,
De Benjamin en lui la derniere famille.
De fa grandeur alors plus qu'un autre étonné ;
Long-tems à s'y fouftraire on le vit obftiné.
Mais fi jamais le Ciel par d'éclatantes marques ,
Juftifia le Sceptre & le choix des Monarques ,
Si fa voix aux mortels peut fe faire écouter ,
Tout l'appelloit au Trône où tu l'as vû monter.
De ce nouvel Empire enfin dépofitaire ,
Des Decrets du Seigneur il perçoit le myftere.
Du feu de l'Efprit faint effets prodigieux !
Le plus fombre avenir fe montroit à fes yeux.
Par fa bouche le Ciel annonçoit fes Oracles ,
Il confirmoit fon choix par de nouveaux miracles;
Et fa faveur depuis fe déclarant toujours ,
Par d'immortels exploits fignaloit tous fes jours.
Mais depuis qu'épargnant une odieufe race ,
L'ennemi du Seigneur devant lui trouva grace ,
Refte impur d'Amalec à nos coups échapé ,
D'une fecrette horreur il eft toujours frapé.
David , fur-tout David , eft l'objet qui le bleffe.
Appliqué fans relâche à nourrir fa foibleffe ,
Dans d'éternels foupçons conçus fans fondement,
Son efprit inquiet trouve fon châtiment;
Et rappellant en vain fa vertu démentie ,
Il femble que du Ciel la main appefantie ,
Cherche à vanger fur lui le mépris de fes Loix,
Et veut par fon exemple effrayer tous les Rois.

                    A C H A S.
J'ignore le fuccés que le Ciel lui deftine ;
Mais 'Empire, Seigneur , panche vers fa ruine ;
Preffé de tous côtez , Ifraël aujourd'hui
Ne peut trouver qu'en vous fa gloire & fon appui.

                    J O N A T H A S
Ah ! fi pour détourner un fi funefte orage ,

Il ne faloit, Achas, qu'écouter mon courage,
Qu'au milieu des perils précipiter mes pas,
Tu vois toûjours en moi ce même Jonathas,
Qui vingt fois à tes yeux emporté par la gloire,
Des bras de tant de Rois arracha la Victoire.
Mais nos Juifs qu'en tous lieux entraînoient mes
    exploits,
N'ont plus pour moi l'ardeur qu'ils avoient autre-
    fois.
Le Ciel ajoûte encor, pour comble de misere,
La révolte d'un camp, au trouble de mon Pere ;
Et parmi le Soldat, tu vois quelle chaleur
De David jusqu'au Ciel éleve la valeur.
L'espoir de son retour est tout ce qui le flate ;
Tout le camp à la fois, presse, murmure, éclate.

        A C H A S.

D'un camp tout plein encor de vos faits glorieux,
Le murmure, Seigneur, vous est injurieux ;
Mais songez qu'il s'agit de sauver un Empire.
Quelque ressentiment qu'un noble orgüeil inspire,
Ne nous écoutons plus quand l'Etat veut parler ;
S'il demande David, faites-le rappeller ;
Et par la Jonathas assûrant la Victoire,
Même en la partageant augmentera sa gloire.

        J O N A T H A S.

De sa gloire en ces lieux tu crois donc que jaloux,
Je détourne un secours qui les rassure tous ?
Non, non, mon amitié qu'un pareil soupçon blesse,
Ne connoît point pour lui cette indigne foiblesse.
Mais pense-t-on qu'après ces cruels traitemens
A la Cour de Saül reçus à tous momens,
Tous ces pieges dressez que sa valeur évite,
Cette soif de son sang, son exil & sa fuite,
Seul & funeste fruit des plus nobles hazards ;
David que Siceleg reçut dans ses remparts,
Au mépris d'une vie utile à la Judée,
Tentât encor du Roy la foy si mal gardeé ?
Que dis-je ? il t'en souvient ; à ses coups dérobé,

La fureur de Saül le cherchoit dans Nobé.
Du Pontife avec lui suspect d'intelligence,
Le funeste trépas signala sa vangeance;
Israël en pâlit; Nobé dans ses remparts
Vit la flamme & le fer briller de toutes parts;
Parmi les cris, les pleurs, l'enfance confonduë
Dans les bras tout sanglans d'une mere éperduë;
Jusqu'au pied des Autels nos Prêtres assiégez,
Et de Ministres saints quatre-vingts égorgez.
Tu vis combien son ame encor peu satisfaite,
Rejetta les conseils de ce fameux Prophete,
Samuël, qui du Ciel en naissant inspiré,
De Saül jeune alors, oignit le front sacré.
Et qui sçait en effet si Dieu dans sa colere,
Ne poursuit point sur nous les crimes de mon Père?
Cependant le tems presse, & pour dernier secours,
J'ai fait venir ma Sœur ici depuis deux jours.

A C H A S.

Depuis ce même temps, éloigné de l'armée,
J'en ai trouvé par tout la nouvelle semée.
Mais quel dessein, Seigneur, l'appelle dans ces lieux
Où rien ne peut s'offrir qui ne blesse ses yeux?
Où le fier appareil . . .

J O N A T H A S.

　　　　　　Comme toi, par avance,
Du retour de David j'ay senti l'importance.
Et comme par ma Sœur je puis mieux l'esperer,
Du secours de ses pleurs j'ai voulu m'assurer.
Même interêt confond son destin & le nôtre,
Elle est femme de l'un, elle est fille de l'autre;
Même, aux brigues d'Asser je pourrai l'opposer,
Tu vois que de mon Pere il peut seul disposer,
Quoiqu'il souffre à regret l'éclat qui l'environne,
Reste d'un sang fatal qui prétendit au Trône,
Et qui jadis armant les plus seditieux
Opposa ses complots au choix même des Cieux.
Sans doute il se souvient qu'en d'autres mains
　　remise,

Ma Sœur aux feux d'Affer avoir été promife ;
Que mon Pere depuis s'impofant une loi,
Rompit l'hymen d'Affer, & dégagea fa foi.
Mais foit qu'en lui l'effet de quelque ardeur fe-
          crette,
Nourriffe de fon cœur l'efperance indifcrette,
Que jufques à ma Sœur il leve encor les yeux,
Ou foit qu'il tourne ailleurs fes vœux ambitieux,
Ennemi de David il cherche à le détruire.
Dans les deffeins fecrets qu'il forme de lui nuire,
Et dont tu le peux voir jour & nuit occupé,
Je me fuis vû fouvent moi-même envelopé.
Mais ma Sœur vient, quel trouble élevé dans fon
          ame
Conduit vers nous fes pas ?

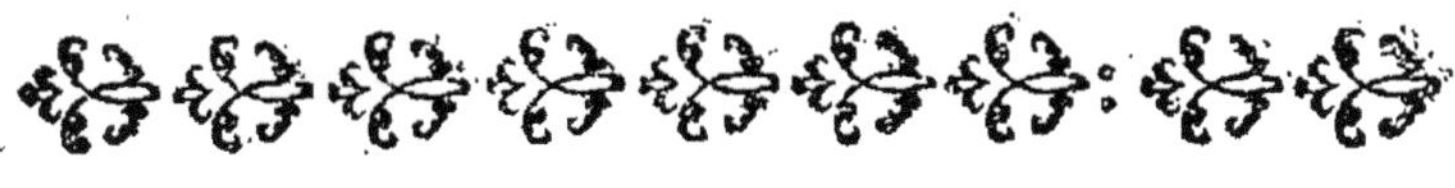

SCENE II.

JONATHAS, MICHOL, ACHAS, ELISE.

JONATHAS.

Que fait le Roy, Madame ?
MICHOL.

Ah ! venez avec moi combattre fes tranfports.
C'eft maintenant qu'il faut redoubler nos efforts ;
Des vengeances du Ciel déplorable victime,
De fa vertu premiere un refte encor l'anime,
Et dans ce trifte état fon exemple fait voir
Tout ce qu'en un grand cœur produit le defefpoir.
S'il fuit fes mouvemens, fa perte devient fûre ;
De tout le camp mon Pere ignore le murmure.
Mais, mon Frere, à lui feul c'eft trop l'abandonner,
Prévenez un malheur qui peut tout entraîner.

Hâtez-vous,craignez tout du trouble qui l'infpir
Et fongez que fa chûte eft celle de l'Empire.
JONATHAS.
Vous-même de David affurez le retour.
Venez faire parler la nature & l'amour.
Je fçais qu'Eliezer à vos ordres fidelle,
De l'état de Saül lui porte la nouvelle ;
Mais c'eft peu qu'une lettre expofant vos dou-
    leurs,
Trouve encore David fenfible à nos malheurs ;
Du Soldat mutiné lui peigne l'infolence,
Et nos fiers ennemis triomphans par avance ;
En vain vous flechiriez le cœur de votre Epoux ;
Si nous n'avons du Roy defarmé le courroux.
MICHOL.
Helas ! de ce courroux injufte ou legitime,
Je fuis, Prince, je fuis la premiere victime.
Ciel, arbitre des Rois, où me reduifez-vous ?
Je vois fans ceffe un Pere armé contre un Epoux :
Tour à tour dans mon cœur leur défenfe m'eft
    chere,
Si j'aime mon Epoux, je refpecte mon Pere ;
Et dans ce trifte état une fanglante loi
Semble en les feparant les unir contre moi.
JONATHAS.
Madame, il n'eft pas temps de repandre des lar-
    mes ;
Songez à prévenir de plus triftes allarmes.
Allons où le devoir vous appelle avec moi,
Ne tardons plus, courons. Mais on vient, c'eft
    le Roy.

SCENE III.

SAUL , JONATHAS , MICHOL , ACHAS , ASSER & ELISE.

SAUL.

Que vois-je ici ? quel foin raffemble ma fa-
    mille ,
Et prefente à mes yeux Jonathas & ma Fille ?
(*à Affer.*) Rentre, ce que je veux confier à ta foi
Ne permet point, Affer, d'autre temoin que toi.
    Affer fort.
Mais moi mêmeje fens que mon tranfport me laiffe
Ah ! fortons , & fuyons un indigne foibleffe.
Mon deffein a befoin de toute ma fureur.

MICHOL.

Mon Pere , où courez-vous ?

JONATHAS.

       Où fuyez-vous, Seigneur ?

SAUL

Pour quoi ne puis-je, helas ! fuyant plus loin en-
    core ,
Dérober à vos yeux l'ennui qui me dévore ,
Et du Ciel fur moi feul épuifer le courroux
Qu'un noir preffentiment me fait craindre pour
    vous ?
Je crains que fa fureur, par de nouveaux fupplices,
De mes crimes encor ne vous rende complices ,
Et de tant de grandeurs ne vous laiffe pour fruit ,
Le malheur qui m'accable, & la mort qui me fuit.

MICHOL.

Le Ciel fur vous , Seigneur , jette un œil moins
    fevere.

Quel crime avez-vous fait ? Jadis dans sa colere,
Lui-même il vous dicta ses ordres souverains,
Et voulut châtier Amalec par vos mains.
Sa voix parle. Une aveugle & prompte obéissance,
De nos Peres trahis entreprend la vengeance.
Le bruit de votre nom déja sert son courroux ;
La victoire & l'effroi marchent loin devant vous ;
Tout l'Orient se trouble, & malgré tous ses Prin-
          ces
Un deluge de sang inonde ses Provinces.
Votre main triomphante en arrête le cours ;
Ou plûtôt d'Agag seul elle épargne les jours ;
Echappé d'une guerre en tant d'horreurs fertile,
A vos genoux, Seigneur, un Roy trouve un azile,
D'un ennemi vaincu vous devenez l'appui,
Est-ce là le forfait qui vous trouble aujourd'hui ?

          S A U L.

Des jugemens d'un Dieu qui peut percer l'abîme ?
Cette même clemence à ses yeux est un crime.
Soit qu'il faille lui plaire, ou servir son courroux,
La pitié cruelle exige tout de nous,
Sans cesse, ou l'instrument, ou l'objet de sa haine ;
Nous n'avons qu'à ce prix la grandeur souveraine.
Et si son bras sur nous vient à lancer ses traits,
Alors ses châtimens passent tous ses bienfaits.
Plus heureux dans l'état d'une obscure naissance,
J'aurois peut-être encor ma premiere innocence ;
Pourquoi venant lui-même au devant de mes pas,
M'offroit-il des grandeurs que je ne cherchois pas ?

          J O N A T H A S.

Mais, Seigneur, quels malheurs marquent votre
          disgrace ;
Et depuis quand l'Empire a-t-il changé de face ?
Quel est votre ennemi ? Jadis le Philistin
N'offroit à votre espoir qu'un triomphe certain ;
Pourquoi donc dans ce jour . . .

SAUL.

Helas ! que vous dirai-je ?
Je crains Agag, je crains cette main facrilege,
Qui jadis au mépris des ordres immortels,
Se hâta d'allumer le feu fur les Autels.
Je crains dans ma fureur Nobé réduit en cendre,
Le fang d'un Peuple faint que l'on a vû répandre.
Tant de vœux rebutez, tant d'impuiffans regrets,
Nos victimes, le Ciel, nos Prophetes muets ;
Tout m'épouvante, & n'offre à mon ame abbatuë,
Qu'une foule de maux, dont le moindre me tuë.

JONATHAS.

Hé bien, de nos deftins, fans hazarder vos jours,
Souffrez, Seigneur, que feuls nous pourfuivions
  le cours ;
D'autant plus affurez au combat qui s'apprête,
Que nous ne craindrons point pour votre augufte
  tête.
Mais avant tout, Seigneur, daignez nous accorder
Un fecours important que j'ofe demander.
Rappellez un Héros qui cherit votre gloire,
Dont par-tout la prefence entraîne la victoire ;
Que de fes envieux la fureur vous ravit ;
Que par des nœuds facrez …

SAUL.

Moy, rappeller David ;
Vous voulez qu'en mon fein je recelle un perfide
Un rebelle, un ingrat, que dis-je ! un parricide,
D'un indigne amitié perdez le fouvenir,
Vous preffez fon retour, craignez de l'obtenir.
Qu'à bon droit aujourd'hui mon courroux im-
  placable
N'impute qu'à lui feul le malheur qui m'accable ;
Mais enfin fans chercher à déffiller vos yeux,
Ne vous fuffit-il pas qu'il me foit odieux ?
Ah ! le fang contre vous à peine me raffûre :
Et quand vous époufez l'intereft d'un parjure,
Puis-je aprés fes forfaits, & le nœud qui vous
  joint,

Parmi mes ennemis ne vous confondre point ?
MICHOL.
Je ne vous parle plus, Seigneur, comme à mon
    Pere.
Hélas ! ce nom facré ne vous touche plus guére ;
Mais pleine de douleur, auffi-bien que d'effroi,
Oubliant qui je fuis, je m'adreffe à mon Roi.
Je viens pour un Epoux vous demander juftice ;
Et s'il eft criminel ordonnez fon fupplice.
Mais de fon innocence aujourd'hui défenfeur
De l'impofture auffi confondez la noirceur,
En vain j'ai recherché les crimes d'une vie
Et toûjours enviée, & toûjours pourfuivie ;
De tous côtez, Seigneur, je ne vois que vertus,
Que des Rois fubjugez, des Peuples abbattus,
D'un fuperbe Ennemi l'audace reprimée,
D'Ifraël confterné la gloire ranimée,
Et tant d'autres exploits dont votre cœur épris,
Dans mon Hymen alors lui fit trouver le prix.
Errant & fugitif avec quelques Cohortes,
On dit que Siceleg l'a reçû dans fes Portes ;
Mais que fur Amelec détournant tous fes coups,
Parmy vos ennemis, il n'agit que pour vous.
Qu'Achis même, trompé par fes marches cou-
    vertes,
Croit tous les jours par lui s'enrichir de nos pertes,
Lorfque le même bras qui devient notre appui,
N'a pû nous épargner fans retomber fur lui.
Mais fi dans ces Remparts Siceleg le recelle,
Que de vos mains, Seigneur, un ordre l'en rap-
    pelle :
Ces monftres dont l'envie attira le courroux,
S'enfuiront devant lui, s'il paroît devant vous.
JONATHAS.
Oüi, Seigneur, écartez un foupçon qui l'outra-
    ge ;
De fes perfecuteurs votre haîne eft l'ouvrage,
Leur envie alluma ce courroux éternel,

David moins vertueux feroit moins criminel.
Quand l'oreille d'un Roi s'ouvre à la calomnie,
D'injuſtices, de maux, quelle ſuite infinie !
Des plus nobles dehors le méchant revêtu,
Attaque l'innocence, & pourſuit la vertu ;
Et jaloux d'un Sujet dont la gloire le gêne,
Fait ſervir & l'Empire, & les Rois à ſa haîne.
Dût enfin m'accabler, Seigneur, votre courroux,
Je ne ménage rien quand je parle pour vous.
De ma Sœur en ces lieux diſſipez les allarmes,
Accordez un Epoux à ſes vœux, à ſes larmes ;
A vous même, aux deſtins d'Iſraël hazardez....

SAUL.

Hé bien, il faut vouloir ce que vous demandez.
Immolons à David votre gloire & la mienne.
Vous voulez ſon retour, je conſens qu'il revienne ;
Qu'à ſon ambition ici nos propres mains
D'un Trône qu'il dévore ouvrent tous les chemins :
Malgré moi, contre vous, il vous faut ſatisfaire.
Si par tous les complots que j'attens pour ſalaire
Il juſtifie encore un ſi juſte courroux,
Sa perfidie au moins me vangera de vous

MICHOL.

Ah ! dans mon Roi, Seigneur, je retrouve mon
    Pere.
Ainſi le Ciel s'apprête à finir ma miſere.
Sur nos ſacrez Autels que d'encens va bruler !
Courrons hâter l'inſtant qui doit le rappeller.
Bientôt vous le verrez voler pour vous deffendre.
Mais, que vous veut Aſſer ?

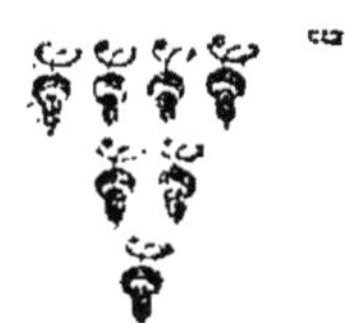

SCENE IV.

SAUL, JONATHAS, MICHOL,
ASSER, ACHAS.

SAUL.

QUe viens-tu nous apprendre?
ASSER.
Ah ! prevenez les maux qui menacent l'Etat.
D'un Enfant d'Ifraël apprenez l'attentat,
De l'Empire déja partageant la conquefte,
Le Philiftin s'avance, & David à leur tête.
L'élite de nos Juifs par lui-même féduits,
A paru dans leur Camp fous les Drapeaux d'Achis.
Et que fert à Sion l'appui de fes murailles,
Lorfque fes propres mains déchirent fes entrailles?
Du combat dans le Camp on a femé le bruit,
Et l'on ne doute point que le jour qui nous luit,
De vos fiers ennemis n'excite le courage,
Et n'éclaire entre vous un horrible carnage.
MICHOL.
Ah Ciel !

JONATHAS.
Qu'entens-je ?
SAUL.
Hé bien, daignez ouvrir les yeux,
Reconnoiffez enfin ce Héros glorieux.
C'eft donc là pour fon Roi cette ardeur qui le
preffe ?
Où m'alloit emporter une aveugle tendreffe ?
Mon courroux dans mon cœur étoit près d'expi-
rer.

Ah!

Ah barbare ! avec toi tout femble confpirer.
De tous les attentats le Ciel même eft complice.
Allons, je vais moi feul pourfuivre fon fupplice,
Trahi de toutes parts, je mourrai fans effroi,
Si j'entraîne en mourant le perfide avec moi.

SCENE V.

JONATHAS, MICHOL, ACHAS, ELISE.

MICHOL.

DE tout ce que j'entens, grand Dieu, que dois-
    je croire ?
Quoi ! jufques-là David auroit trahi fa gloire ?
Quoi ! de Sion en pleurs le trifte fouvenir,
Votre amitié, le fang n'ont pû le retenir ?
Si malgré tant de nœuds, le foin de fa vengeance
Entre un barbare & lui remet l'intelligence,
S'il dément en ce jour tant d'exploits immortels,
Et du Dieu d'Abraham foule aux pieds les Autels,
Hélas ! puis-je penfer que fidele à fa flamme,
Quand il immole tout, il épargne fa femme ?

JONATHAS.

Vous écoutez peut-être un injufte tranfport.
D'Eliezer au moins attendez le rapport.
Adieu, de mon côté je vais moi-même apprendre
D'où naît ce bruit fâcheux que l'on vient de ré-
    pandre.
L'impofture fans doute aura pû le femer.

SCENE VI.

MICHOL, ELISE.

MICHOL.

AH! courrons fur leurs pas, pour mieux m'en
    informer.
Hélas! de quels deffeins faut-il qu'on le foupçonne?
Et toi, qui vois la crainte où mon cœur s'abandonne,
Daigne m'apprendre, ô Ciel, dans un mal fi pref-
    fant,
Si David eft coupable, où s'il eft innocent.

Fin du premier Acte.

ACTE II.

SCENE I.

MICHOL, ELISE.

MICHOL.

ELise, ce rapport n'étoit que trop fidelle ;
Et confirmant d'Affer la fanglante nouvelle,
Eliezer déja de retour dans ces lieux,
A des pleurs plus cruels ouvre encore mes yeux.
On dit qu'avec Achis David d'intelligence,
Par des liens plus forts s'unit à fa vengeance :
Et le coup qu'à mon Pere il adreffe aujourd'hui,
Doit me percer le cœur pour aller jufqu'à lui.

ELISE.

Quel eft le fondement d'un difcours qui m'étonne ?
O Ciel ! que dites-vous ?

MICHOL.

Que l'ingrat m'abandonne,
Par quel éclat trompeur d'amour & de vertu
Au dernier des affronts, Ciel, me préparois-tu ?
Quelle honte pour moi, pour toute ma famille,
Si de ce Roi barbare il époufe la fille !
Ce bruit dont à tes yeux mon cœur eft éperdu,
Dans toute la Judée eft déja répandu.
Aux filles d'Ifraël mon malheur fe raconte,
Tout l'Univers bien-tôt fera plein de ma honte.

Mais, chere Elise, enfin connois-en tout l'excès,
Tu vois de tant de pleurs le funeste succès.
Fille d'un Roi puissant, sous qui trembla l'Asie,
Vil enfant de Jessé, David me sacrifie.
D'un sacrilege amour je sçais son cœur épris ;
Et loin de l'en punir par un juste mépris,
Ordinaire réssource en de tels disgraces,
Je sens que mon cœur vole encore sur ses traces ;
Que loin de s'indigner contre un perfide Epoux,
J'ai plus d'amour encor que je n'ai de courroux.

E L I S E.

Quoi ! sans chercher, Madame, aucune autre lu-
    miere,
Votre ame au moindre bruit se livre toute entiere,
Et déja croit David rangé sous d'autres Loix ?
Ah ! songez bien plûtôt à quels brillans exploits
Saül de votre cœur attachant la conquête,
De six cens Philistins lui demanda la tête.
Après tous ses efforts pour aller jusqu'à vous,
Quel soudain changement craignez-vous d'un
    Epoux ?
Je vois dans ses desseins un secret que j'ignore :
Mais sans doute pour lui le Ciel agit encore.
Vous le verrez, Madame ; & loin de vous trahir …

M I C H O L.

En vain par tes discours tu prétens m'éblouïr.
Mais il faut détourner cet orage funeste.
C'en est fait. Commençons, le Ciel fera le reste.
Je cours executer un illustre dessein,
Que l'amour & la gloire ont formé dans mon sein,
Il est digne du sang dont le Ciel m'a fait naître :
Allons trouver le Roi. Mais je le vois paroître.
Quel est le nouveau trouble, ô Ciel, où je le vois ?

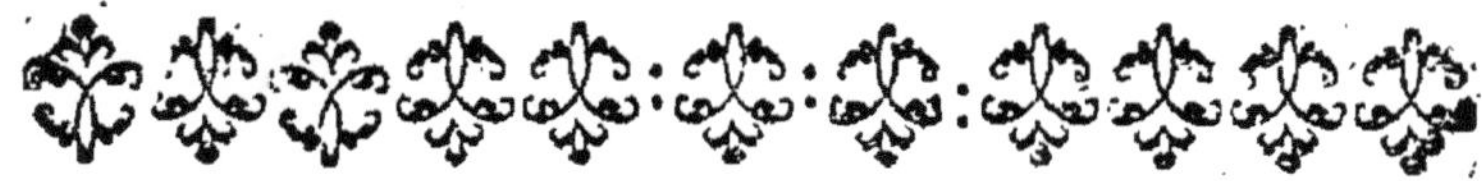

SCENE II.

SAUL, MICHOL, ACHAS, ELISE.

SAUL.

Quoi! mes propres Sujets m'imposeront la loi?
Il ne vous manque plus, trop pleins de vos al-
    larmes,
Qu'à tourner contre moi la pointe de vos armes,
Lâches, vous refusez de marcher sur mes pas.
Allez, Achas, allez qu'on cherche Jonathas;
Qu'il vienne, de son Pere embrassant la défense,
Et soûtenir ma gloire, & punir leur offense.

SCENE III.

SAUL, MICHOL, ELISE.

SAUL.

Ma Fille, vous voyez où me réduit le sort.
Au sortir de ces lieux, plein d'un juste trans-
    port,
J'allois, vous le sçavez, par l'effort de mes armes,
Ou périr, ou venger ma puissance & vos larmes;
Mais tout un Camp est sourd à mon commande-
    ment,

Je n'ai trouvé que trouble & que frémissement.
A quelle foi, grand Dieu, quelle fureur succede!

####### MICHOL.

Cedez, Seigneur, cedez au tems à qui tout cede,
Sçachez par un conseil prudent & genereux,
De leur propre fureur sauver des malheureux.
Sauvez l'Etat, vous-même. Un seul secours vous
         reste,
Détachez un Héros d'une Ligue funeste ;
De ses engagemens rompez tous les liens ;
Je puis vous en ouvrir d'infaillibles moyens.

####### SAUL.

Qui moi! j'irois, frappé d'une crainte servile,
Contre ma gloire encor prendre un soin inutile ?

####### MICHOL.

Non, non, c'est à mes pleurs que ce soin est per-
         mis,
Souffrez que j'aille . . . .

####### SAUL.

           Où donc ?

####### MICHOL.

                   Au Camp des Ennemis.

####### SAUL.

Qu'entens-je, juste Ciel! ma surprise est extrême.
Ma Fille dans leur Camp ? Vous

####### MICHOL.

                   Oüi, Seigneur, moi-même.
Qui pourroit m'arrêter, & que redoutez-vous ?
La presence, le nom, le rang de mon Epoux,
La splendeur de ce sang dont je suis descenduë,
La majesté des Rois avec moi confonduë,
L'éclat de ce projet, tout paroît écarter
Ce qu'un autre peut-être auroit à redouter.
Ah! quelque affreux péril que vous puissiez me
         peindre,
Mes malheurs m'ont appris, Seigneur, à ne rien
         craindre.
Toujours loin d'un Epoux, tremblante pour ses
         jours,

Le fer jufqu'à mon lit en pourfuivit le cours
Un frere condamné dans les bras de la gloire,
A prefque de fon fang racheté fa victoire.
J'ofe vous l'avüer avec quelque pudeur,
Je n'ai pû m'affranchir d'une trop vive ardeur.
Plaignez mon infortune, & voyez fans colere
Mes foins pour un Epoux quand ils fauvent un
    Pere.

SAUL.

Non, non, qu'un choix plus digne & de vous &
    de moi,
Ma Fille, en d'autres mains remette votre foi.
Et qui fçait fi du Ciel la haine redoublée
Ne redemande point cette foi violée,
Et d'Afler avec vous renoüant le deftin,
Ne veut pas vous contraindre à lui donner la main?

MICHOL.

Que dites-vous? ô Ciel! & que viens-je d'enten-
    dre?
A quelque nouveau choix, moi, je pourrois pré-
    tendre,
Je mettrois dans mon lit l'implacable ennemi
Qu'en fes reffentimens j'ai moi-même affermi,
Au deftin de David votre fille attachée,
Par aucune autre loi n'en peut être arrachée,
Et contre un nœud fi faint quoique l'on puiffe
    ofer,
Ce n'eft que par ma mort qu'on pourra le brifer.

SAUL

Ah! craignez d'irriter un Pere qui vous aime.
Oubliez un Epoux qui vous trahit lui-même;
Qui maintenant peut-être à l'afpect des faux Dieux,
Lorfque pour lui de pleurs fe rempliffent vos yeux,
Digne appui des Autels où fa main facrifie,
Forme les nouveaux nœuds de l'Hymen qui le lie.
Ah! du moins renfermez ces regrets odieux.
Ne vous fouvient-il plus....

SCENE IV.

SAUL, MICHOL, ACHAS,
ELISE.

ACHAS.

JE rentre dans ces lieux,
Seigneur, & tout le Camp par mille cris de joye
Vous annonce un secours que le Ciel vous envoye,
SAUL.
Que dis tu? quel secours? Où donc est Jonathas?
ACHAS.
Par votre ordre, Seigneur, je marchois sur ses
    pas,
Lorsqu'un dessein secret l'éloignoit de l'armée.
Déja sur son absence elle étoit allarmée,
Trop pleine des périls où son cœur l'a conduit.
Mais il rentre, & plus fier d'un secours qui le suit,
Il semble dans l'éclat d'une nouvelle gloire,
Sur ses pas en triomphe entraîner la victoire.
Le Ciel est aussitôt frappé de mille cris.
L'allegresse par tout s'empare des esprits.
On se mêle, on s'embrasse ; & parmi quelques lar-
    mes,
L'esperance succede aux plus vives allarmes,
Enfin de leur effroi tous vos soldats remis....
SAUL.
Quoi? quelque espoir encor pourroit m'être per-
    mis ?
Le bras de Dieu, servant le courroux qui me guide,
Puniroit des mutins, poursuivroit un perfide?
De l'honneur d'Israël le Ciel seroit jaloux?

SCENE V.

SAUL, JONATHAS, ACHAS, ASSER, MICHOL, ELISE.

JONATHAS.

N'En doutez point, Seigneur, l'Eternel est
    pour vous.
Ainsi dans ses desseins sa sagesse éclatante
Dérobe la conduite, & surprend notre attente.
Les larmes d'Israël ne coulent point en vain.
Le Ciel arme pour vous une invincible main.

SAUL.

Quand pourrai-je baiser cette main salutaire,
Mon Fils ? Mais quoi ? parlez, c'est trop long-tems
    se taire.
Quels sont-ils ces secours par le Ciel envoyez ?
Quel est l'heureux appui ?...

JONATHAS

      Seigneur, vous le voyez.

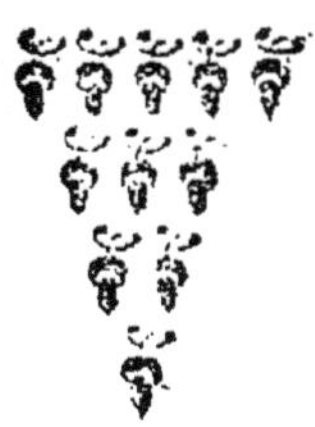

SCENE VI.

SAUL, JONATHAS, DAVID, MICHOL, ASSER, ACHAS, ELISE.

SAUL.

Que vois-je ? où suis-je ? ô Ciel ! en croirai-je
　　ma vûë ?

MICHOL.

Quel objet s'offre, Elise, à mon ame éperduë ?

SAUL.

David devant mes yeux !

MICHOL.

　　　　　　Daigne encor le sauver,
Ciel !

SAUL.

　　Jusques dans mon Camp ose-tu me braver ?
Perfide !

DAVID,

　　Non, Seigneur. A ma gloire fidelle,
N'attendez rien de moi qui soit indigne d'elle.
Moins prompt à s'exposer à cet ardent courroux,
Peut-être que quelque autre auroit tout craint de
　　　　vous.
Mais de pareils soupçons sont d'une ame ordinaire,
Je puis venir vers vous sans être téméraire :
Sûr qu'en Saül par-là retrouvant un appui,
J'excite son grand cœur à s'armer contre lui.

SAUL.

Par quel égard frivole enchaînant ma justice,
Crois-tu te dérober aux rigueurs du suplice ?

Et quelle foi doit-on aux perfides mortels?
Quoi donc? foulant aux pieds les Loix & les Au-
    tels,
Etouffant dans ton cœur l'amour & la nature,
Infidele à la foi, paricide & parjure,
Avec mes ennemis conjuré contre moi,
Brûlant de te plonger dans le fang de ton Roi;
Prêt d'envahir un Trône où mon afpect te bleffe...?
                D A V I D.
Ah, Seigneur! eft-ce à moi que ce difcours s'a-
    dreffe?
Et de ma foi toûjours peut-on fe défier?
Mais plûtôt eft-ce à moi de me juftifier?
Ma vertu jufques-là ne doit point fe contraindre;
L'innocence en effet ne peut jamais rien craindre.
Le Ciel fçait la défendre, & même la venger.
Entre Saül & moi c'eft à lui de juger.
D'ailleurs enfin, le tems, le peril, tout nous preffe,
Un foin plus important tous deux nous intereffe.
Long-tems dans Siceleg contraint de me cacher,
Le falut d'Ifraël vient de m'en arracher.
D'un long exil, Seigneur, la honte & la fouffrance
M'a de vos ennemis acquis la confiance;
De leur prévention mon zele s'eft fervi,
J'ai paffé dans leur Camp, de quelques Juifs fuivi;
Le Ciel de mes deffeins applaniffoit la voye,
Le Roi de Geth, Achis me reçoit avec joye.
Bien-tôt me prodiguant fes fecrets entretiens,
Il cherche à m'attacher par les plus forts liens;
Et veut d'un malheureux que votre haine chaffe;
Par l'Hymen de fa fille honorer la difgrace.
Mais frapé d'un difcours que j'écoute à regret,
Tous mes fens foulevez frémiffent en fecret,
Et mon cœur rappellant des flammes legitimes
De fes offres alors lui fait autant de crimes,
Enfin dans fon parti ces Rois interreffez,
Ces milles Legions, tous ces chars hériffez,
Prêt de fondre fur vous l'impetueux orage

Du plus preſſant peril me laiſſant voir l'image ;
Malgré le peu d'eſpoir dont mon cœur eſt flatté ;
Je propoſe une paix , & je ſuis écouté.
L'ennemi dans mes mains a remis ſa querelle.
Dans votre Camp , Seigneur, voilà ce qui m'ap-
  pelle.
Du deſir de la paix ſi vous étiez preſſé ,
Parlez , je cours finir ce que j'ai commencé.
Mais ſi toujours ardent contre un peuple idolâtre,
Le grand cœur de Saül ne cherche qu'à combattre,
De l'honneur d'Iſraël & du vôtre jaloux ,
Souffrez que je ſoutienne un ſi noble courroux.
Commandez , permettez que marchant ſur mes
  traces ,
Six cens Juifs qu'à mon ſort attachent leurs diſgra-
  ces ,
Dans leur proſcription fidelles à leur Roi,
Viennent vaincre , Seigneur, ou mourir avec moi.
S A U L.
O Ciel ! dans quel état votre entretien me laiſſe ?
Dans mon cœur tout à coup quelle étrange foi-
  bleſſe !
Quoi ! je ſens ma fureur prête à s'évanoüir ?
Et de mon trouble encor je le laiſſe joüir ?
M I C H O L.
Que craignez-vous, Seigneur, d'une vertu ſi pure ?
Achevez le triomphe , étouffez l'impoſture.
A ce trouble, du Ciel reconnoiſſez la voix ,
Et cette main de Dieu qui tient le cœur des Rois.
S A U L.
Que me demandez-vous ? Ciel ! quelle eſt votre
  envie ?
Vous voulez qu'on m'arrache & l'Empire & la vie,
Et loin de prévenir de funeſtes deſſeins....
D A V I D.
De quel ſang innocent ai-je ſoüillé mes mains ?
Par des liens ſacrez attachez l'un à l'autre,
Je pourrois commencer par répandre le vôtre ?

Et

Et fur mon Souverain, aprés tant de bienfaits,
Tomberoit ma fureur & mes premiers forfaits;
On me verroit paffer toutes les perfidies,
Et fur l'Oing du Seigneur porter mes mains hardies;
Que dis-je? En votre camp contre moi fans fecours,
Le fommeil & la nuit m'abandonnoient vos jours.
D'un ennemi fans cefle ardent à nous pourfuivre,
Refpecte-t-on le fang, lorfque tout nous le livre?
Cependant trop content en détournant mes pas,
De vous ravir le fer dont s'armoit votre bras,
Je laiffai de ma foi cette preuve certaine.
Ah! fi quelques mortels excitent votre haine,
Puiffe le Tout-puiffant, arbitre entre eux & moi,
Détourner fur leurs jours le courroux de mon Roi,
Dévoiler á fes yeux l'artifice & le crime,
Et laver de leur fang la vertu qu'on opprime.
Mais fi dans fes decrets impénétrable à tous,
Le Ciel excite feul un fi cruel courroux;
J'en adore la main: Heureux fi fa juftice
De mes reffentimens reçoit le facrifice!
Mais déja votre cœur commence à s'ébranler;
Vous foupirez, Seigneur, je vois vos pleurs couler.
Par ces auguftes mains, ces genoux que j'embraffe,
Achevez; qu'à vos yeux je puiffe trouver grace,
Voir enfin fur ma foi vos doutes éclaircis,
Mon fang verfé, pour vous confirmer . . .

S A U L.

       Ah? mon Fils!
Vous me demandez grace, & je fuis feul coupable.
O piété fincere! ô vertu qui m'accable!
C'en eft trop. Mais fouffrez que je refpire enfin,
D'Ifraël aujourd'hui vous fçaurez le deftin.
Jonathas, cependant allez revoir l'armée.
Ma Fille, deformais ceffe d'être allarmée.
  (*David en l'embraßant.*)
Allez vous repofer dans mon appartement.
Que feul avec Affer on me laiffe un moment.

SCENE VII.

SAUL, ASSER.

SAUL.

DE son retour, Asser, que faut-il que je pense?
Et dans quel tems le Ciel nous rend t'il sa pre-
	sence ?
Lorsque de tout un camp prêt à se revolter ,
Le murmure déja commence d'éclater ;
Que du cœur de nos Juifs la foi va disparoître ;
Quand il peut se vanger , lorsqu'il le doit peut-être;
Et s'il ne faut enfin rien cacher à ta foi ,
Quand l'effroi s'emparant de l'ame de ton Roi . .
Mais tu ne me dis rien. Trop plein de ta surprise,
Je vois . . .

ASSER.

Que voulez-vous , Seigneur, que je vous dise?

SAUL.

Ce que je veux , Asser ? est-ce à toi d'en douter ?
Ton zele maintenant ne peut trop éclater.
Laisse un déguisement que ton respect affecte.
Ose parler , ta foi ne peut m'être suspecte.

ASSER.

Continuez , Seigneur, un si noble dessein ,
Et recevez David jusques dans votre sein.
J'ai vû couler pour lui de veritables larmes.
Mais quoique contre vous , vous lui donniez des
	armes,
Que peut-être ébloüi par des pretextes vains
Vous le rendiez vous même à l'espoir des mutins ,
Quoique puisse ordonner enfin la destinée ,

Tout vous lie à la foi que vous avez donnée.
SAUL.
A son nom seul, Asser, je pâlis, je fremis;
Seul il m'occupe plus que tous mes ennemis.
Au bruit de ses exploits mon ame est éperduë.
Mais si-tôt que le Ciel le ramene à ma vûë ,
J'écarte les soupçons que j'avois pû former ,
Et contre moi pour lui je suis prét à m'armer.
De mon aveuglement telle est la violence . . .
ASSER.
Ah ! Seigneur ! s'il faut rompre un dangereux silence,
Si mon cœur à son tour doit s'ouvrir à vos yeux ,
Croirai-je que David , ardent , ambitieux ,
Et peut-être touché d'une juste colere ,
Pour votre gloire encor montre un zele sincere ;
Pourriez-vous le penser ? Quoi! ne voyez-vous pas
Son espoir , ses desseins marquez dans tous ses pas ?
Croit-on dans le peril qu'en aveugle il se jette ?
Il laisse Siceleg ouvert à sa retraite,
Il passe aux ennemis , où même à notre aspect
Suivi de tant de Juifs David n'est point suspect ;
Il quitte enfin leur camp sur sa foi , sans ôtage ;
Pour vous desabuser en faut-il davantage ?
Ah ! perisse le jour qu'il trouva votre appui ,
Quelle foule de maux trainoit-il après lui!
En vain dans votre Cour produit par la fortune ,
La faveur le tira d'une foule importune,
Seul coupable du sang que vous avez versé ,
De ce jour vos malheurs, Seigneur, ont commencé ;
Comme si Samuel par un ordre suprême
Eût dés-lors ceint son front de votre Diadême.
Et quel est dans ces lieux l'appareil qui le suit ?
De ses fausses vertus Jonathas est séduit.
De vos peuples cheri , tout votre camp l'adore ;
Et pour le condamner qu'attendez-vous encore ?
SAUL.
Oüi , c'est trop , cher Asser , abuser de ta foi.
Mais pardonne une erreur qui n'accabloit que moi.

Prêt à l'abandonner au zele qui t'anime,
Mais sans cesse agité sous la main qui m'opprime,
Dans le trouble où je suis, je veux executer
Ce que tantôt mon cœur venoit de projetter.
Mon malheur n'admet plus que des moyens extrê-
          mes.
Vien, & fondons encor les volontez suprêmes,
Et pour apprendre un sort qui nous menace tous,
Rompons un voile affreux entre le Ciel & nous.

####### A S S E R.

Quoi donc, ignorez-vous qu'aux cris de nos Pro-
          phetes
Le Ciel est toujours sourd ? que leurs bouches muet-
          tes . . .

####### S A U L.

Ah ! quoique jusqu'ici le Ciel ait pû celer,
Par d'autres voix, Asser, il pourra nous parler;
Et pour sçavoir quel sort me garde sa justice,
Il faut de l'Enfer même employer l'artifice.

####### A S S E R.

Ciel !

####### S A U L.

Sans vouloir moi-même encor te retenir,
Cherche un de ces Mortels qui percent l'avenir;
Je veux de Samuel interroger la cendre.

####### A S S E R.

Un tel dessein, Seigneur, a de quoi me surprendre;
Et quelque soit le sort de ces esprits heureux,
Est-il un art enfin qui puisse agir sur eux !
D'un pouvoir qui du Ciel perce tous les mysteres,
Quoi ? d'aveugles mortels seroient dépositaires ?

####### S A U L.

Ah ! soit que de leur art le Charme dangereux
Contre le Ciel agisse, ou bien le Ciel par eux;
Au seul bruit de leurs voix on sent trembler la terre,
L'onde arrête son cours au lit qui la resserre,
Le Ciel s'ouvre, dit-on, & se laisse entrevoir,
Par eux enfin, Asser, admire leur pouvoir,

Les jours les plus fereins deviennent des nuits fom-
    bres ,
Et du fein de la mort ils évoquent les ombres.
                ASSER.
Ordonnez , je fuis prêt ; mais ne fongez-vous pas
Qu'un ordre de vos mains en purgea vos Etats ,
Et que par une loi feverement fuivie
Nul ne peut s'y montrer qu'aux dépens de fa vie ?
Ah ! du moins retenu par votre propre loi ,
Daignez en d'autres foins difpofer de ma foi.
                SAUL.
Et quel eft, cher Affer, cet effroi qui t'infpire ?
Un Prince, de fes loix reconnoît-il l'empire ?
Ce pouvoir fouverain d'où partent tant de droits ,
En vous les impofant en affranchit les Rois.
Montre enfin que pour moi ton zele s'intereffe ,
Et découvre quelqu'un par force ou par adreffe.
Mais fur tout en ces lieux conduis-le fans témoins.
Va, pars , j'attens bien tôt le fuccès de tes foins.
Par là de nos deftins devoilons le myftere ,
Et que l'Enfer s'explique , où le Ciel veut fe taire.

        Fin du fecond Acte.

ACTE III.

SCENE I.

DAVID, MICHOL.

DAVID.

C'Est donc ici, Madame, où le Roi dans mes
  mains.
Doit remettre aujourd'hui ses ordres souverains ?
Mais quoi ? lorsqu'à vos yeux son changement
  éclatte ,
Lorsqu'aprés tant de maux la fortune nous flate ,
Que la terre & le Ciel pour nous sont déclarez ,
Quel effroi vous saisit ; que dis-je ? vous pleurez.
O Ciel ! de quel accueil ma tendresse est suivie ?

MICHOL.

Triste effet des malheurs dont je suis poursuivie !
Mon cœur d'un nouveau trouble est sans cesse agité.

DAVID.

Que craignez-vous ?

MICHOL.

Je crains ce que j'ai souhaité.
D'Israël en vos mains le Ciel met la deffense ,
Je vous revois , Seigneur , enfin ; votre presence
Dissipe les soupçons qui m'avoient pû troubler ;
Mais en me rassurant , vous me faites trembler.

DAVID.

Qu'entens-je ? quel langage ! Hé quoi ? lorsque j'espere. ...

MICHOL.

Je vous aime, Seigneur, & je connois mon Pere.
Je crains quelque retour d'un cœur toûjours jaloux,
Je crains ceCamp nombreux trop déclaré pour vous,
Leur revolte, leurs cris, la publique allegreſſe,
Sur-tout de Jonathas le zéle & la tendreſſe,
L'Ennemi remettant ſon fort entre vos mains,
Votre gloire, mes pleurs, voilà ce que je crains.

DAVID.

Ah ! Madame ! Saül triomphant & tranquile,
A ſe laiſſer ſurprendre, il eſt vrai, trop facile,
M'a pû loin de vos yeux forcer à me bannir.
Mais enfin ſes malheurs vont tous nous réünir.
Le peril m'occupant d'un plus noble exercice,
Fera pâlir l'envie, & taire l'injuſtice ;
Et j'ai, quelque courroux qu'il gardât contre moi,
Son ſalut pour garant au deffaut de ſa foi,
A vos pieds dans ce jour c'eſt lui qui me ramene,
Madame, & je benis la fortune inhumaine,
Qui nous a raprochez par cent perils divers.
Voilà ce qu'annonçoient ces Oracles couverts,
Dont la promeſſe encor preſente à ma mémoire,
Du ſein de mes malheurs devoit tirer ma gloire.

MICHOL.

Helas ! ſi quelque eſpoir nous eſt encor permis,
Si loin de vous compter parmi ſes ennemis,
Mon Pere vous remet ſes droits ou ſa vengeance,
D'où vient à vous revoir ſi peu de diligence ?
Pour de ſi hauts deſſeins, quoi ? ne devroit-il pas,
Ou vous ſuivre de prés, ou devancer vos pas ?
Où ſommes-nous enfin ? d'où vient que cette tente
Ne nous preſente plus cette pompe éclatante,
Cet appareil guerrier, ces brillans monumens,
De la grandeur des Rois terribles ornemens ?
Que dis-je ? en tous ces lieux rien ne s'offre à la vuë.
Des Gardes diſperſez, une Cour diſparuë....
Quel ſilence ſe joint à l'horreur de la nuit !
Mais on ouvre, Seigneur, & j'entens quelque bruit,

SCENE II.

DAVID, MICHOL, ASSER.

MICHOL.

LE Roi vous suit sans doute, & doit ici se rendre.

ASSER.

Par son ordre je viens le chercher ou l'attendre.
Seigneur, il ne croit pas vous trouver dans ces lieux;
Je crains que votre aspect ne blesse encore ses yeux.
Prenez pour lui parler un tems plus favorable,
Et donnez ce relâche au tourment qui l'accable.

DAVID.

Et qu'a donc mon aspect qui puisse l'offenser ?
Parlez, expliquez-vous.

ASSER.

       Daignez m'en dipenser.
Son dessein cependant n'a rien qui vous regarde.
Par son ordre déja j'ai dispersez sa Garde,
Ecarté tout le monde ; & Saül par mes soins
Croit pouvoir dans ces lieux me parler sans témoins.

DAVID.

J'ignore les secrets dont trop de confiance
Va bien-tôt dans vos mains remettre l'importance;
Mais je serai surpris, vous ayant consulté,
Si le soin de sa gloire est le seul écouté.

ASSER.

Contre un pareil soupçon ma foi me justifie.
Du moins, Seigneur, du moins il faut que je
    die,
Jamais jusques ici contre mon Souverain
Siccleg ne m'a vû les armes à la main.

DAVID.
Moins encore a-t-on vû l'ardeur qui vous excite,
Chasser loin de ses murs le fier Amalecite ;
Sur lui, non sur les Juifs, s'enrichir de butin,
Et même en le servant tromper le Philistin.
Prés d'Achis pour Saül mon zéle égal au vôtre....

ASSER.
Les menager tous deux, c'est trahir l'un & l'autre.

DAVID.
Je me trompe, & sans vous Israël confondu....

ASSER.
J'en ai sauvé l'honneur.

DAVID.
Dites plûtôt vendu ;
Et d'un crédule espoir trop souvent la victime...
Mais je dois retenir un courroux legitime,
Et ma juste fierté que blessent vos discours,
D'un si long entretien devroit finir le cours.
Mais je veux voir Saül. Sa volonté connuë
Par lui-même. . . . .

MICHOL.
Ah ! daignez vous soustraire à sa vuë,
Seigneur ! vous connoissez ses transports furieux.

DAVID.
Hé bien, vous le voulez, je vous laisse en ces lieux.
Heureux lui même enfin, que son sang l'attendrisse.
Ma gloire dépend peu d'un indigne caprice.
Je respecte un courroux à lui-même cruel,
D'où peut-être dépend le destin d'Israël.

✶✶✶✶✶✶✶✶✶✶✶✶✶✶✶✶✶✶✶✶✶✶✶✶✶✶✶✶

SCENE III.

MICHOL, ASSER.

MICHOL.

Seigneur . . .

ASSER.

Dans ce moment je n'ai rien à vous dire,
Madame, à vos souhaits puisse Saül souscrire.
Suivez votre dessein : mais souffrez que pour moi,
Me dégageant des soins confiez à ma foi . . .

MICHOL.

Ah ! laissez-vous toucher d'un soin plus légitime.
Si jamais votre cœur jaloux de mon estime
A quelque noble effort a voulu s'élever,
C'est maintenant, Seigneur, qu'il me le faut prou-
    ver ;
C'est en servant David que je pourrai vous croire ;
Et ne suffit-il pas pour ménager sa gloire,
Quelque puisse être en vous ce courroux affermi,
Qu'il ait quelques vertus, & soit votre ennemi.

ASSER.

Madame, sans raison votre ame est allarmée.
Pour lui votre Epoux voit & le Peuple & l'Armée.
Leur zele dans le Camp vient de se signaler.
Mais enfin le Roy vient, vous pouvez lui parler.

SCENE IV.

SAUL, MICHOL, ASSER.

MICHOL.

DE vos deſſeins, Seigneur, que faut-il que
        j'augure ?
Quand d'un Pere attendri la bonté me raſſure,
Quel changement ſenſible à mon cœur étonné
Suſpend un entretien par vous-même ordonné ?

SAUL.

Chargé de mille ſoins dans mon inquiétude,
Ma Fille, j'ai beſoin d'un peu de ſolitude.
Votre préſence même irrite mon tourment.
Laiſſez-moi, retournez dans votre appartement.
Votre Epoux informé de ce que je deſire,
Va bien-tôt....

MICHOL.

Il ſuffit, Seigneur, je me retire.
Puiſſe le Ciel lui ſeul vous inſpirer ici.

SCENE V.

SAUL, ASSER.

SAUL.

HE bien, tes ſoins, Aſſer, auroient-ils réuſſi ?
Dis-moi, quel eſt le fruit que je dois en at-
        tendre ?
Un ſi ſoudain retour a droit de me ſurprendre.

Sans doute le succés a trahi ton ardeur,
Tout enfin se refuse à mes désirs.

A S S E R.

Seigneur,
Dans ces antres profonds qu'ouvrent ces monts fer-
    tiles ,
De vos Juifs éperdus autrefois les aziles ,
Quand l'altier Philistin inondoit vos Etats;
Dans l'ombre de la nuit conduit par deux Soldats,
Presque au sortir du Camp , la fortune m'adresse,
Une femme d'Endor, fameuse Enchanteresse,
Nous gagnons sa demeure , aprés quelques efforts,
Redoutable chemin de l'Empire des Morts ,
Sejour affreux où semble expirer la nature.
J'entre , non sans horreur. Là d'une lampe obscure,
La lueur à nos yeux n'offre de toutes parts,
Que funebres objets , que des membres épars,
Des reptiles impurs. Pleine d'un trouble extrême ;
Du pouvoir de son art frémissant elle-même,
La Pythonisse semble, arbitre alors du sort,
Tenir entre ses mains & la vie & la mort.
Je ne vous dirai point combien à notre vuë
Elle a paru saisie , interdite , éperduë. . . .

S A U L.

Où donc est-elle , Asser ?

A S S E R.

Seigneur , j'ai crû devoir
Sans elle dans ces lieux quelques momens vous voir.
Auprés de cette Tente elle attend ma réponse.
Je crains que trop d'éclat encor ne vous annonce ;
Que tant d'augustes traits , en trahissant ma foi ,
A ses regards troublez ne découvrent le Roi.
Qu'elle n'aprenne point que c'est lui qui l'implore;
Pour quelque tems au moins il faut qu'elle l'ignore.

S A U L.

Et lui pourrai-je , Asser , cacher la verité ?

A S S E R.

Elle n'en peut, Seigneur, percer l'obscurité ,

Que

Que l'Enfer conjuré ne daigne l'en inftruire.
S A U L.
Dans ces lieux en fecret prends foin de la conduire,
Va, je brûle de voir mon deftin éclairci.
A S S E R.
J'obéis, & bientôt vous l'allez voir ici.

S C E N E   VI.

S A U L *feul*.

DE mon cœur tout-à-coup quel mouvement
    s'empare ?
Quelle horreur me faifit ! par quel deftin bizarre,
Par de nouveaux objets à toute heure emporté,
Redoutai-je de voir ce que j'ai fouhaité ?
Ah ! qu'Ifraël touché du courroux qui t'opprime,
Pleure fur tes malheurs fans détefter ton crime,
Sauve ta gloire au moins de ce dernier écuëil,
Et retire tes pas fur les bords du cercuëil.
Mais quel ordre invincible, & quel arrêt funefte
M'attache à des detfeins que mon ame détefte ?
Un pouvoir dont le mien ne peut me dégager,
M'entraine dans l'abîme où je cours me plonger.
Ah ! que dis-je ? & que craindre aprés ce que j'en-
    dure !
Sans doute mes malheurs ont comblé la mefure.
Dans l'état où du ciel m'a réduit le pouvoir,
Il ne me refte plus que mon feul defefpoir.
Affez & trop long-tems ton filence m'accable.
Un nouveau crime enfin foulage un cœur coupable.
Ce cœur de tout côtez fi long-tems combattu,
Même de fa fureur fe fait une vertu.
C'en eft trop, arrachons un fecret qu'on me cele.
D'un défaftre prévû l'atteinte eft moins cruelle.

Hâtons-en le succés, & sans perdre de tems,
Allons. Où veux-je aller, & qu'est-ce que j'attens?
Rébelle aux loix du Ciel dont le courroux m'assiege,
Je deviens témeraire, impie & sacrilege.
Non, non, retirons-nous de ces funestes lieux,
Où bien-tôt tout l'Enfer va paroitre à mes yeux.
Sortons, le moment presse; & pour punir mon crime,
Déja gronde la foudre & j'entrevois l'abîme.
Fuyons la Pythonisse, éloignons-la de moi.
Qu'entens-je? on entre: O Ciel! elle vient. Je la
    voi.

SCENE VII.

SAUL, LA PYTHONISSE

LA PYTHONISSE.

MAlgré tous les sermens & la foi de mon guide,
    Tremblante dans ces lieux je porte un pas ti-
    mide.
Mon courage sur moi ne fait qu'un vain effort.
Je crois que chaque pas me conduit à la mort.
Aux charmes de mon art la Nature asservie,
De la rigueur des loix ne sauve point ma vie.
Arbitre des mortels dans ce terrible effroi,
Quand je puis tout pour eux, je ne puis rien pour
    moi.
Témeraire, est-ce toi de qui la violence
Vient malgré moi d'oser m'arracher au silence?
Quoi? la Terre m'ouvrant un azile en son sein,
N'a pû me garentir d'un si hardi dessein!
Mais sçais-tu de Saül quelle est la loi sanglante?
Que dis-je? la Judée encor toute fumante
Des feux que sa fureur par-tout fit allumer,
Du sort de mes pareils n'a donc pû t'informer?

Toi-même enveloppé dans la même difgrace,
Quel fruit efpere tu de ta coupable audace ?
Dans le fang innocent trop prompt à fe baigner,
Crois-tu que le cruel puiffe ici t'épargner !
Au milieu de fon Camp quelle eft ton affurance ?
Confidere des lieux témoins de fa puiffance,
Où fa vengeance éclate, où dans mon jufte effroi
Il me femble l'oüir, & qu'il eft devant moi ;
Et que pour s'éclaircir d'un fecret qui le touche,
C'eft lui-même qui va me parler par ta bouche.

S A U L.

Je fçais que contre vous un arrêt rigoureux,
Du fecours de vôtre art prive les malheureux.
Si le foin d'un ami qu'a touché ma mifere,
Vous a conduite ici malgré cet ordre auftere ;
Et fi l'horrible afpect de ces funeftes lieux
Rend Saül plus à craindre, & préfent à vos yeux,
N'en craignez rien. Songez qu'au malheur qui me
        preffe,
Autant que la pitié, la gloire s'intereffe,
Si de tous les devoirs qui regnent parmi nous,
Le foin des malheureux eft le plus beau de tous,
Si leur foulagement veut un effort infigne,
Jamais de vos fecours mortel ne fut plus digne.

LA PYTHONISSE.

Il eft des maux plus grands que tu dois t'épargner,
Quitte un fatal deffein, laiffe-moi m'éloigner ;
Et content des malheurs dont ton ame foupire,
Laiffe-moi fuir des lieux où le Tyran refpire.
Où fon cœur, dans l'effroi d'un cruel châtiment,
Eft prêt d'immoler tout à fon reffentiment ;
D'autant plus que mes foins dans ce noir facrifice,
Laiffent à fa fureur quelqu'ombre de juftice.
Quelle rigueur fur nous tomberoit aujourd'hui,
Pour détourner le bras appefanti fur lui ?
Saül fur-tout jaloux de fon pouvoir fuprême,
Ardent, prompt à punir . . .

D ij

S A U L.

J'en jure par lui-même.
J'en attefte vos Dieux. Un éternel oubli
Va tenir ce fecret dans l'ombre enfeveli.
Quoique par une injufte & trifte deftinée
La foi d'un malheureux foit toujours foupçonnée
Soyez fûre pourtant de trouver dans ma foi
Un gage auffi facré que le ferment d'un Roy.

LA PYTHONISSE.

Parle. Que me veux-tu ? de cet ennui fi fombre
Quel eft . . . .

S A U L.

D'un mort illuftre il faut évoquer l'ombre.
Sa perte m'a jetté dans un trouble cruel.

LA PYTHONISSE.

Et cet illuftre mort quel eft-il ?

S A U L.

Samuël.

LA PYTHONISSE.

Qu'entens-je, Samuël ! Quoi ce fameux Prophete,
Du grand Dieu d'Ifraël le fidele interprete
Qui des jours de Saül par fa main confacré,
Pour ne pas voir la fin femble avoir expiré
Qui fans crainte à fes yeux prodiguant les menaces,
Ofa lui retracer de fanglantes difgraces,
Le Ciel redemandant le fang d'Achimelec,
Et tout prêt à venger le pardon d'Amalec,
Se repentant du choix qui dans le rang fuprême,
De l'état le plus vil fçut . . . .

S A U L.

Hélas ! c'eft lui-même.
Daignez le rappeller.

LA PYTHONISSE.

Hé bien, tu vas le voir.
De qui fert ta fureur, refpecte le pouvoir.
Ecarte-toi, prophane, & pour cette entrevûe
Laiffe à mes pas du moins une libre étendue.

O vous, de qui je tiens mes secrets souverains,
Esprits, dont la puissance est remise en mes mains ;
Vous, Phantômes muets qui regnez sur les ombres,
Pâles Divinitez de ces Empires sombres
Que ne perça jamais la clarté qui nous luit,
Lieux où regnent la mort, le silence & la nuit ;
Pour achever ici de terribles mysteres,
Prêtez-moi le secours de vos noirs ministeres,
Et que de la Nature interrompant les loix,
L'ombre de Samuel apparoisse à ma voix.
Soutenez votre gloire à la mienne enchaînée,
Autorisez la foi que je vous ai donnée,
Et rendez-moi le prix de cet affreux serment,
Que l'Enfer même oüit avec frémissement.
Mon impuissance ici vous feroit trop d'injure,
Justifiez mes droits ; & je vous en conjure,
Par le sang des enfans que pour vous j'ai versé,
Par ce bras tant de fois aux meurtres exercé,
Par ces cruels appréts que ma fureur ordonne,
Accomplissez.... Mais quoi ? déja mon cœur fris-
      sonne !
Je sens tous mes cheveux sur mon front se dresser.
Quels spectres devant moi viennent se retracer ?
Le Ciel de tous côtez fait gronder son tonnerre.
Le jour perce la nuit. Je vois trembler la Terre.
Dans son centre entr'ouvert se présente à mes yeux
Un Vieillard vénérable & semblable à nos Dieux ;
Ou du moins dans ses traits leur majesté s'est peinte.
Moi-même il me saisit & de trouble & de crainte.
L'ombre déja s'ébranle ; à mes sens dessillez
S'offrent d'un sang impur ses vêtemens soüillez ;
Et du meurtre d'un Roy ses mains fument encore,
Son aspect fait frémir jusqu'à ceux que j'implore.
Mais que m'apprend sa voix en montant jusqu'à
      moi ?
Ah, Dieux ! je suis perduë, & vous êtes le Roy.
Ma mort seule est le prix que tant d'audace exige.
Qu'ai-je fait ? malheureuse !

SAUL.

Ah ! ne crains rien, te dis-je,
Mon malheur & ma foi garentiront tes jours.
Acheve. C'est à moi d'implorer tes secours.

SCENE VIII.

SAUL, JONATHAS, LA PYTHONISSE.

JONATHAS *qui rouve de la resistance*
en entrant.

TOus vos efforts sont vains, & je veux voir
mon Pere.

LA PYTHONISSE.

Ah ! quel audacieux vient troubler ce mystere ?

SAUL.

Ciel ! c'est mon Fils.

LA PYTHONISSE *à Saul.*

Fuyons. Pour sçavoir vos destins,
Venez, & suivez-moi dans ces antres voisins.

Elle sort avec précipitation.

JONATHAS.

Où courrez-vous, Seigneur ?

SAUL.

Et vous, quelle insolence
Vous a conduit ? . . .

JONATHAS.

Souffrez, malgré votre défense,
Qu'un interêt pressant m'amene dans ces lieux.

SAUL.

Ah ! sortez ; & sur-tout que ce qu'on vû vos yeux
Demeure enseveli dans un profond mystere.

SCENE IX.

JONATHAS *seul.*

QUe vois-je ? quelle femme éperduë , étrangere
Abandonne ces lieux , & plein d'un méme ef-
        froi,
Sur ses pas en fuyant vient d'entrainer le Roy !
Et comme si j'avois pénétré ce myftere ,
Mon Pere en me quittant m'ordonne de me taire !
Le trouble & la douleur paroiffent dans ses yeux.
Moi-même tout à coup quel deviens-je en ces lieux !
Quel secret mouvement étonne mon audace !
D'un funefte pouvoir ont-ils laiffé la trace ;
Tout respire l'horreur dont leur cœur eft épris.
Mais allons , & du trouble où je les ai surpris ,
Prévenons & l'éclat & la suite funefte ;
De mon pouvoir enfin ménageons ce qui refte.
Sur-tout contre un tranfport dont mon cœur a frémï,
Sauvons l'honneur d'un Pere , & les jours d'un Ami.

Fin du troifiéme Acte.

ACTE IV.

SCENE PREMIERE.

S A U L *feul.*

QU'ai-je vû ? tout mon fang dans mes veines fe
　　　glace,
Jufte Ciel ! qu'ai-je oüi ? quelle affreufe menace !
Quelle nouvelle horreur fuccede à tant d'effroi ?
Et toi, fpectre odieux, pourquoi t'enfuir fans moi ?
Trop dangereux recours d'une ame criminelle,
Que ne m'entraînois-tu dans la nuit éternelle ?
Pourquoi. . . Mais quelqu'un vient. O mon Fils,
　　　eft-ce vous ?

SCENE II.

S A U L , J O N A T H A S.

J O N A T H A S.

QUel eft l'effroi, Seigneur, où vous nous jettez
　　　tous !
Quel deffein fi long-tems vous cache à notre vûë ?
Tout un camp allarmé, votre Fille éperduë,
De vos projets encor David même incertain ;

Quand le Ciel à vos coups livre le Philiftin ,
Saül , loin de courir où la gloire l'appelle ,
Veut-il . . .

S A U L.

Je veux fçavoir fi vous m'êtes fidelle ;
Si pendant qu'à l'envi tout femble me trahir ,
Mon Fils dans mes malheurs eft prêt à m'obéïr.

J O N A T H A S.

Moi ? fi je fuis fidele aux ordres de mon Pere ,
Commandez feulement, Seigneur, que faut-il faire ?
Faut-il moi feul ici , forçant vos ennemis ,
Montrer à l'univers ce que peut votre Fils?
Faut-il . . .

S A U L.

Des Philiftins la frontiere eft couverte ;
Et l'Empire en un mot, mon Fils court à fa perte;
D'autant plus que cachant leur funefte deffein ,
Nos plus grands ennemis font encor dans fon fein.
Mes malheurs aujourd'hui reveillent leur audace.
Enfin Jerufalem prête à changer de face.
S'il faut qu'ici du fort j'éprouve la rigueur ,
Suivra , n'en doutez point, le parti du vainqueur.
Par de nouveaux avis je fçais qu'elle confpire.
Partez , allez fauver les reftes de l'Empire ;
Et par vous-même inftruit de complots trop certains
Dans Sion ébranlée arrêtez les mutins.
D'ailleurs , confiderez quel jufte foin nous preffe ,
Enlevez de ces lieux une trifte Princeffe
Que le Ciel vous unit par des liens fi doux ;
Du malheur qui l'attend fauvez-la , fauvez-vous.
Tout confirme aujourd'hui ma jufte défiance ;
Voilà ce que je veux de votre obéïffance.

J O N A T H A S.

Je vois tous les malheurs qui s'affemblent fur nous ,
Mais pour me renvoyer quel tems choififfez-vous ?
Aux yeux de l'univers une telle conduite
Ne fembleroit plutôt que déguifer ma fuite.
Vous obéïr , Seigneur , ce feroit vous trahir ,

S A U L.

Eſt-ce ainſi que mon Fils eſt prêt à m'obéïr ?
Puiſque malgré les ſoins que j'ai pris pour le taire,
Vous cherchez à percer un funeſte myſtere,
Je ne vous preſſe plus d'accepter mes adieux.
Mais ſachez à quel prix je vous laiſſe en ces lieux.
Sçachez à quels efforts vous devez vous attendre.

J O N A T H A S.

Parlez, me voilà prêt ; je puis tout entreprendre.
A vos ordres, Seigneur, ici tout m'aſſervit.

S A U L.

Hé bien, il faut....

J O N A T H A S.

Quoi donc ?

S A U L.

Immoler....

J O N A T H A S

Qui ?

S A U L.

David.

J O N A T H A S.

Ciel ? qu'eſt-ce que j'entends ?

S A U L.

Apprenez tout le reſte.
Des volontez du Ciel l'entrepriſe funeſte,
Samuël, en un mot, m'en a preſcrit la loi.

J O N A T H A S.

Samuël !

S A U L.

Ouy, mon Fils, jugez de quel effroi
Mon ame à ſon aſpect a demeuré ſaiſie.
A des Charmes puiſſans ſa grande Ombre aſſervie,
M'eſt apparuë au fond d'un antre tenébreux,
A peine on l'évoquoit. O prodiges affreux !
Le Ciel a vainement fait gronder ſon tonnerre.
Tout l'Enfer obéït ; & du ſein de la terre,
Non point comme ces morts au ſortir des tom-
     beaux,

Pâles, meurtris, plaintifs, & couverts de lambeaux,
Mais formidable, il fort. Préfage de ma perte,
D'un ornement facré fa tête étoit couverte.
Tel que vengeant l'oubli des arrêts immortels,
Son bras du fang d'Agag arrofa nos Autels,
Du meurtre de ce Prince il dégoutoit encore,
Trifte & fatal auteur des maux que je déplore,
Quels éclairs, quelle flâme ont parti de fes yeux,
Qui feuls perçoient l'horreur de ces funeftes lieux!
Ce n'eft point un phantôme, ou des chimeres vaines;
C'étoit lui. Tout mon fang s'eft glacé dans mes vei-
    nes.
    Pourquoi m'appelles-tu? quel deffein criminel
Te fait rompre des morts le filence éternel?
Dan la nuit du tombeau quelle fureur me trouble?
A-t-il dit. A ces mots ma frayeur fe redouble.
Une nouvelle horreur fe répend parmi nous.
Immobile, long-tems, je tombe à fes genoux.
Je demande à fçavoir ce que je crains d'apprendre
J'implore fa pitié. Que m'a-t-il fait entendre?
Grand Dieu! de quels malheurs fommes-nous me-
    nacez?
Quel devins-je à ces mots que l'Ombre a pronon-
    cez?
    N'attends de moi ni pitié ni reproche.
Le Sceptre va bien-tôt fortir de Benjamin,
Et de ton ennemi le Regne enfin s'approche.
    Tel eft le decret fouverain,
    Du Dieu vivant la colere t'affiege.
Rien à fes châtimens ne peut te derober;
Et ce fang qu'épargna ta pitié facrilege,
Sur le fang innocent doit même retomber:
Par toi de tous les Juifs la race eft criminelle.
    Il dit, & foudain rentre en la nuit éternelle,
Et par un figne affreux qui me glace d'effroi,
Semble en ouvrir la route, & m'appeller à foi.
JONATHAS.
Ciel! de combien d'horreurs vous venez me confon-
    dre?

Que faut-il que je penſe ,& que puis-je répondre ?
Ah ; Seigneur ! ſi le Ciel déclaré contre nous ,
Veut aujourd'hui. . .

S A U L.

Mon Fils, prévenons ſon courroux,

J O N A T H A S.

Mais quel eſt l'ennemi que votre ame redoute ?

S A U L.

Quoi ? votre cœur ſur lui forme encor quelque
      doute ?
Dans ſes ſoupçons encor peut-être balancé ?
Et ne reconnoît pas la race de Jeſſé ?
Voyez enfin à qui votre amitié vous lie.
Du moins en m'accablant , le Ciel me juſtifie.
Je vous l'avois prédit , il falloit le prévoir.
Quoiqu'il en ſoit , David eſt en notre pouvoir ;
Et de quelques malheurs dont le ſort nous menace,
Si le perfide meurt , tout peut changer de face.
Du trône ſon trépas vous r'ouvre les chemins.
Puis-je le confier en de plus ſûres mains ?
Ah Dieu ! combien de fois l'occaſion offerte
Auroit dû prévenir vos malheurs & ma perte !
Il en eſt tems encor. Détournez dans ſon ſang
Le coup qui me ménace , & cherche votre flanc.
Il va ſe rendre ici. Que rien ne vous arrête,
Ne vous montrez à moi qu'en apportant ſa tête ;
Et tandis que d'un Camp je cours calmer l'effroi ,
Sauvez l'Etat , vous meme , un pere & votre Roy.

SCENE

SCENE III.

JONATHAS *seul.*

IL me laiffe. Ah grand Dieu! qu'eſt-ce donc
   qu'il eſpere ?
Qui moi? contre lui-même embraſſant ſa colere,
Que d'un ami ſi cher j'aille percer le flanc,
Et ne m'offre à ſes yeux que couvert de ſon ſang;
Que tout à coup fidelle à l'ordre qu'il m'adreſſe,
J'étouffe ma raiſon, ainſi que ma tendreſſe ?
Que ſur la foi d'un ſpectre enfant de ſa terreur,
Complice de ſes maux, j'en redouble l'horreur?
Ah! ſauvons en effet la gloire & la Patrie,
Sauvons David; d'un Pere arrêtons la furie.
Mais c'eſt peu de manquer à ſon ordre inhumain.
Il peut contre ſes jours armer une autre main.
Tout eſt à redouter de ſa fureur extrême
Allons, ne tardons plus..... Mais le voici lui-
   même.

SCENE IV.

DAVID, JONATHAS.

DAVID.

HE quoi, Seigneur? en vain de momens en
   momens
J'attens l'ordre du Roi. Par quels retardemens,

Sur quels nouveaux projets, & par quelle maxime.,
Déja de Gelboé l'Aube a blanchi la cime,
Déja le jour plus grand est venu nous fraper.

JONATHAS.

D'un soin bien different il faut vous occuper.
J'ay vû le Roy, Seigneur : tout a changé de face.
Du Ciel plus que jamais il ressent de disgrace :
Son desespoir s'aigrit ; & de nouveaux soupçons
Renversent ses desseins, confondent nos raisons ;
De ceCamp malheureux, Seigneur, tout vous écarte
Que vous dirai-je enfin, partez.

DAVID

Moi ? que je parte ?
Quand tout implore ici le secours de mon bras,
Qu'une indigne terreur précipite mes pas ?
Puisqu'aprés tant d'efforts mon entremise est
vaine,
Je voi combien d'horreurs, Seigneur, ce jour en-
traîne,
Jamais peril plus grand, ni combat plus cruel
Ne parut menacer le destin d'Israël.
Aujourd'hui, de ce Camp, Ciel! quel conseil m'e-
xile ?
Ah ! songez dans quels lieux m'est offert un azile.
Quoi d'un Barbare encore embrassant les genoux..

JONATHAS.

Vos jours en sûreté, bien plus que parmi nous,
Au Camp de ce Barbare...

DAVID.

Ah ! que voulez-vous dire!

JONATHAS

Du peril qui vous presse il faut donc vous instruire,
Le Roi veut.....

DAVID.

Que veut-il ?

JONATHAS.

Que servant sa fureur,
Cette main vous immole à sa noire terreur.

Un efprit éternel de trouble & de ténébres ;
Sans ceffe offre à fes yeux mille images funebres.
Mais qu'un oubli profond , qu'une éternelle nuit
En velope à jamais l'erreur qui le feduit ,
La fource des tranfports dont fon ame eft faifie ,
Et d'où part l'attentat que fa main me confie.

DAVID

D'un pareil attentat je ne fuis point furpris;
De mes travaux, Seigneur , je reconnois le prix.
Et moi-même . . .

JONATHAS.

　　　　Mon bras , preft à tout entreprendre ;
Loin d'attaquer vos jours, s'arme pour les défendre.
C'eft peu de condamner tous fes tranfports jaloux,
Je vous fers contre un Pere , & même contre vous,
Cependant prévenons une funefte fuite.
Partez enfin , mes foins couvriront votre fuite.

DAVID.

Quoi donc, vous prétendez que je fuye un courroux
Dont le funefte éclat retomberoit fur vous;
Et qu'auteur d'un malheur qui comble tous les au-
　　　tres ,
Quand vous fauvez mes jours , j'aille expofer les
　　　vôtres ;
Des fureurs de Saül je vois l'effet certain.
Ne vous fouvient-il plus du fuperbe feftin ,
Où changeant en des pleurs la pompe & l'allegreffe;
Pour moi de votre cœur accufant la tendreffe ,
Saül que tant de trouble alors n'aigriffoit pas ,
Du meurtre de fon Fils alloit foüiller fon bras ?
Ma mort à fa valeur ouvre enfin la victoire,
Et du Trône des Juifs vous affure la gloire.
Hé quoi , toujours errant dans des climats divers ;
Dans l'ombre des forefts , dans le fond des deferts ,
Dans les antres affreux où ma vertu s'éprouve ,
Je fuis par-tout Saül, & par-tout je le trouve ?
Je le connois, Seigneur, & fçais jufqu'à quel point
Son courroux rallumé . . .

JONATHAS.
Non, vous ne mourrez point
J'en réponds Je fçais trop ce que l'honneur demande
Ce que mon amitié . . .

SCENE V.

JONATHAS, DAVID, UN ISRAELITE.

L'ISRAELITE.

SEigneur, le Roy vous mande,
Et son ordre sur-tout preffant votre entretien,
Porte que fans le voir vous n'entrepreniez rien.
JONATHAS.
Le Roy, dis-tu, me mande, & fon ordre me preffe.
Ah ! je le reconnois ; & déja fa tendreffe
A remis dans fon cœur des fentimens plus doux,
Il vient de revoquer l'arrêt de fon courroux
Son cœur ne garde point une haine implacable.
Je cours pour appuyer un retour favorable ;
Et diffipant enfin un complot odieux ;
Bien-tot mon amitié vous rejoint dans ces lieux,
Adieu, ne craignez rien.

SCENE VI.
DAVID *seul.*

A Quoi dois-je m'attendre ?
Et quel eſt cet eſpoir qu'un ami veut me rendre ?
En eſt-il dont le cours puiſſe m'être permis,
Dans le cruel état ou mon malheur m'a mis ?
Sans ceſſe renverſant un eſpoir legitime,
Une fatal main creuſe un nouvel abîme.
Saül de mon deſtin ne peut changer l'horreur ;
Et ce retour entraine ou couvre ſa fureur.
Trop heureux, ſi du moins, an malheur qui s'ap-
  prête,
Tous Ses cruels deſſeins n'attaquoient que ma
  tête !
Quel aveugle tranſport, comblant ſes attentats,
Armoit pour me percer la main de Jonathas !
Amitié, nœuds du ſang, eſt il rien qu'il reſpecte ?
Sans doute, cette main lui paroît trop ſuſpecte.
Et loin de revoquer l'Arreſt qu'il a rendu ; . . .

SCENE VII.

DAVID MICHOL, ELISE

MICHOL.

AH ! fuyez de ces lieux, où vous êtes perdu.
Fuyez ; & profitez du moment que vous laiſſe
Le ſoin d'aſſûrer mieux leur fureur vengereſſe.
De qui peut vous ſauver on écarte le bras.
On vient, Seigneur, on vient d'arrêter Jonathas.
DAVID.
Courrons de ces cruels détourner la colere,
C'eſt ſur moi ſeul . . . .
MICHOL.
              O Ciel ! que prétendez-vous faire
Venez, ce n'eſt pas là, Seigneur, votre chemin.
Pourquoi vouloir tenter un courroux inhumain ?
Et ſervir contre vous des trames criminelles ;
Il eſt, pour vous ſauver des Juifs encor fidelles.
DAVID.
Non, non, tous vos efforts ſont ici ſuperflus.
Je dois le ſuivre.
MICHOL.
              Et moi, je ne vous quitte plus ;
Cruel, prétendez-vous que leur fureur jalouſe
Vienne vous arracher des bras de votre Epouſe
Mais avant qu'accomplir leur funeſte deſſein,
La Fille de leur Roy va leur ouvrir ſon ſein,
Qu'ils frapent ; il n'eſt rien que mon ame redout
Le Ciel, le juſte Ciel me ſoutiendra ſans doute.
Pere injuſte & cruel ! mais, plus barbare Epoux,
Pourſuivez-vous ſur moi ſes fureurs contre vous

DAVID.

Hé bien , il faut partir , Madame , & vous en croire
Malgré tant de devoirs , en dépit de ma gloire.
Soüillons tous ces exploits que rien n'avoit terni.
Fuyons , venez , marchez sur les pas des bannis.
Partagez les hazards où mon destin me livre.
Madame , suivez-moi.

MICHOL.

Qui moi , Seigneur , vous suivre ?

DAVID

Pourriez-vous balancer à suivre votre Epoux?

MICHOL.

Ah ! de Saül , Seigneur , prévoyez le courroux.
D'un Frere qui vous sert le seul peril m'arreste ,
Et c'est à moi , Seigneur , d'en garantir la teste.
A nos malheurs enfin loin de l'associer ,
J'en prends sur moi le crime & je dois l'expier.
Partez , puisqu'à vos pas s'ouvre encore la fuite.
Mais on entre. Que vois-je , Asser ? & quelle suite.
O Ciel !

SCENE VIII.

ASSER , MICHOL , DAVID , ELISE.
Troupes de Gardes.

ASSER.

Je dois juger , Madame , à cet effroi ,
Que mon abord vous dit les volontez du Roy.

DAVID.

Je vous entends. Du Roy l'ordre cruel m'arreste.
Mais moi-même à ses pieds j'allois porter ma teste ,
J'y cours enfin. Malgrez les plus saciez liens ,
Qu'il immole des jours qui sauverent les siens.

MICHOL.

Plûtôt de mille morts je cesserois de vivre.

D A V I D.

'Ah ! si je vous suis cher, gardez-vous de me suivr
Son courroux me fait grace, & je respire enfin.e
Le Ciel même pour moi peut étendre sa main.
Mais quel que soit mon sort, ou funeste, ou prof
        pere,
Madame, du même œil voyez toûjours un Pere;
Vous devez séparer, jusques dans son courroux,
De sa haine pour moi, sa tendresse pour vous.
Sur moi seul aujourd'hui cette haine s'épuise.
Adieu, Madame. Allons, Gardes, qu'on me con
        duise.

SCENE IX.

MICHOL, ELISE.

MICHOL.

CIel, que devient l'espoir & la foi d'Israël ?
    Si tu permets d'Asser le triomphe cruel,
Si l'effet suit de près ses complots redoutables,
Voilà de son amour les marques détestables.
Que ne vient-il plûtôt, pour me marquer sa foi,
Teint du sang de David se presenter à moi ?
Et sa tête à la main, couronnant son audace,
Bourreau de mon Epoux, me demander sa place?
Chere Elise, tu vois le trouble de mes sens.
Ah ! sans nous consumer en efforts impuissans
Vien ; que de ses périls la nouvelle semée,
Arme pour lui ses Juifs, & souleve l'armée.
ELISE.
Hélas ! de quel espoir vos esprits rassurez....
MICHOL.
Vien, dis-je.

S C E N E X.

S A U L, M I C H O L, E L I S E.

S A U L.

OU courrez-vous, ma Fille ? demeurez.
Je sçais pour un Epoux toûjours préoccupée,
Quel peut être le coup dont vous serez frapée :
Mais de ses attentats je ne pouvois douter.
Quoiqu'il en soit, David n'est plus à redouter
J'ai sçû le prévenir. J'ai fait ce que m'inspire
Le salut de mon Fils, de mes jours, d'un Empire.
En un mot, j'ai donné mes ordres absolus,
Et sans doute déja le perfide n'est plus.

M I C H O L.

Ah ! craignez que sur vous tout son sang ne re-
    tombe,
Qu'avec lui tout l'Empire aujourd'hui ne suc-
    combe.
Cruels, qu'allez-vous faire ? Arrêtez, songez-vous
Quel Guerrier, quel Héros est offert à vos coups ?
Le vainqueur de Moab, celui de l'Ammonite....
S'il en est tems, Seigneur, si sa tête proscrite
Peut échaper aux mains que vous venez d'armer..

S A U L.

On vient, & de son sort on va vous informer.

SCENE XI.

S A U L, M I C H O L, ASSËR, E L I S E.

S A U L.

HE bien? en eſt-ce fait?

A S S E R.

A vos ordres fidele;
De quelques Juifs choiſis je conduiſois le zele,
Et de David alors touchant à ſon trépas,
Aux yeux de tout le Camp nous dérobions les pas.
Mais malgré ma prudence, & l'ardeur qui les
　　guide,
Un effort plus puiſſant.....

S A U L.

Qu'entends-je? Quel perfide;
Lors que je le condamne, a protegé ſes jours?

A S S E R.

De Jonathas, Seigneur, le rapide ſecours....

S A U L.

Par mon ordre arrêté, quoi donc? ma prévoyance
N'a pû d'un Fils rebelle écarter la défenſe?

A S S E R,

De vos ordres, Seigneur, tout le Camp informé,
Et pour les jours du Prince alors trop allarmé,
Se ſouleve à grands cris. Ses troupes les plus fieres,
Des lieux qui l'enfermoient ont percé les barrieres;
Et Jonathas à peine arraché de nos mains,
Contre David, Seigneur, prévenant vos deſſeins....

S A U L.

Avec lui, contre moi, mon Fils d'intelligence !

SCENE XII.

SAUL, MICHOL, ASSER, ACHAS. ELISE.

ACHAS.

AH! Seigneur, ſuſpendez une juſte vengeance.
De ſes retranchemens le Philiſtin ſorti,
Force de toutes parts votre Camp inveſti ;
Tout s'ébranle, déja commence le carnage.
Hâtez-vous.

SAUL.

Ah! voilà les maux qu'on me préſage;
Enfin, c'en eſt donc fait, l'Oracle s'accomplit;
L'heure fatale approche, & mon ſort ſe remplit.
Vain eſpoir! vains projets que ma fureur avoüe,
Des efforts des mortels ainſi le Ciel ſe joüe,
A ſes propres deſſeins fait ſervir nos forfaits,
Et qui veut les combattre en preſſe les effets.
Mais il va ſur moi ſeul épuiſer ſa colere.
Je lui confie en vous une tête plus chere,
Ma Fille, & le benis de ne point m'épargner.
Mourir en Roi, vaut bien la gloire de regner,

Fin du quatriéme Acte.

ACTE V.

SCENE I.

MICHOL, ELISE.

MICHOL.

OU vais-je ? où suis-je, Elise ? Incertaine,
    éperduë ,
Dans quels momens affreux, dans quels lieux re-
    tenuë ?
Ciel ! de quels mouvemens mon cœur est combattu ?
Et toi, fatal Hymen , à quoi me réduis-tu ?
Quel fruit de tant d'amour ! O mon Frere ! ô mon
    Pere !
O mon Epoux , c'est moi qui cause ta misere.
Objet infortuné de tes fameux exploits,
J'ai fait naître l'envie , & je vous perds tous trois.
Des malheurs d'Israël je suis seule coupable.
Ciel ! arrête sur moi le bras qui les accable.

ELISE.

Madame , est-ce donc là ce généreux effort
Que vous vous promettiez contre les coups du sort?
Et pourquoi voulez-vous qu'enfin inexorable ,
Le Ciel ne prête plus une main secourable ?
David a fui Saül ; mais malgré son courroux,
Sçavez-vous si son bras ne combat point pour nous ?
Et si de Jonathas sa valeur secondée,
Ne va point avec lui relever la Judée ?

MICHOL

MICHOL.

Quels cris frappent les airs ? quel tumulte, quel bruit
Menacent Israël d'une éternelle nuit !
Non, non, Saül succombe au destin des batailles ;
N'en doutons point. Je sens déchirer mes entrailles.
Vous allez triompher dans nos adversitez,
Vous Geth, vous Ascalon, orgueilleuses Citez.
J'entens vos cris ; je vois dans vos cruelles fêtes,
A chanter nos malheurs vos Filles toutes prêtes.
Le Ciel le veut. Que dis-je, ô mon Roy souverain,
Sauve un sang précieux qu'a consacré ta main.
Daigne dans ces horreurs prendre soin de ta gloire.
Un seul de tes regards peut fixer la victoire.
Où tant de Rois liguez confond le fier couroux,
Un soufle, si tu veux, les va dissiper tous.

ELISE.

N'en doutez point, pour lui l'Eternel s'interesse,
Sa bonté se mesure au péril qui le presse.
Et pourquoi prévenir un succés incertain ?
N'allez point par des pleurs que vous versez en vain,
Ni du Ciel par vos cris irriter la Justice,
Et du moins attendez que l'on vous avertisse.
On vient, Madame, on vient.

MICHOL.

   Ciel, qu'est-ce que je voi !
Dans ces lieux, chere Elise, Asser seul sans le Roy !
Quel affreux mouvement s'empare de mon ame
Quelle horreur me saisit !

SCENE II.

MICHOL, ELISE, ASSER,
Troupe de Gardes.
ASSER.

NE craignez rien, Madame ;
Ces Gardes que mes soins vous ont fait reserver,
Vont perir à vos yeux, ou sçauront vous sauver.
MICHOL.
Ah ! conduisez au Roy le secours qu'on m'ameine,
Parmi tant de perils, dans l'effroi qui m'entraîne,
C'est pour lui que mon cœur se trouve combattu,
Il me suffit à moi de ma seule vertu ;
Je sçaurai la sauver d'une indigne memoire.
Allez, ne craignez rien, j'aurai soin de ma gloire.
ASSER.
Ah ! pour vous garantir d'un opprobre éternel,
Trop de retardemens me rendent criminel,
Vous voyez les malheurs où le peril vous livre.
Qu'attendez vous encor, Madame ? il faut me sui-
vre.
Allons, venez ; vos jours à ma foi confiez ...
MICHOL.
Jusqu'à la violence ainsi donc vous iriez
Vous pourriez n'écouter que votre seule rage,
Et du sort jusques - là j'éprouverois l'outrage
Mais que dis-je, moi-même appuyant vos desseins ;
Je pourrois me remettre en vos perfides mains.
Ah ! de quelques raisons dont votre amour se pare,
Sus le glaive sanglant du Philistin barbare
Plûtôt perir cent fois, que d'avoir consenti ...

SCENE III.

SAUL, MICHOL, ASSER, ELISE, GARDES,

SAUL.

MA Fille, il en est tems, prenez votre parti.
Le Philistin triomphe. Ainsi le Ciel l'ordonne.
Vaincus & renversez, tout fuit, tout m'abandonne.
Le Ciel de mes desseins jusqu'au bout s'est joüé,
A mille coups mortels je me suis dévoüé.
Je cherche en vain la mort, tout trahit mon envie,
On en veut à ma gloire, & non point a ma vie.
Sanglant & desarmé, dans mes pas incertain,
Errant par-tout, d'un Fils j'ignore le destin.
　　　(à Asser.)
Sans doute il ne vit plus. C'est toi seul qui me reste,
Heureux de te trouver dans ces momens funestes.
J'espere au moins qu'Asser ne me trahira pas ;
Viens, frape ; c'est de toi que j'attends le trépas.
　　　　　A S S E R.
De moi, Seigneur !
　　　　　M I G H O L.
　　　O Ciel ! qu'en osez-vous attendre ?
　　　　　S A U L.
Et vous de vos efforts que pouvez-vous prétendre ?
Ah ! laissez-moi du Ciel assouvir le courroux ;
C'est le dernier respect que j'exige de vous.
　　　(à Asser.)
De ton bras, cher Asser, j'implore l'assistance.
Qu'attens-tu ! Montre-moi par cette obéïssance,
En m'accordant la mort que j'espere de toi,
Que Saül regne encore, & que je meurs ton Roy.

ASSER.

De mon respect, ô Ciel ? quelle épreuve sanglante!
Que me demandez-vous ! & quelle est votre attente?
Sans vous trahir, Seigneur, puis-je vous contenter?

MICHOL.

Et qui sur votre vie oseroit attenter?
Venez, venez plutôt ; & dans quelque contrée
Sauvons, Seigneur, sauvons votre tête sacrée.
Nous le pouvons. Tandis qu'à sa proye occupé,
Votre Ennemi vous croit sans doute envelopé,
Par Asser en ces lieux cette Garde conduite,
Invincible rempart, assûre votre fuite.

SAUL.

Hé voudroit-on qu'à fuir je fusse condamné ?
Que dis-je ? il n'est plus tems. Par tout environé,
Le Ciel ne m'offre plus qu'une mort salutaire.
D'un Sceptre malheureux fatal dépositaire,
Prétend-t-on que trainé par de honteuses mains,
J'aille foüiller en moi l'honneur des Souverains!
D'un reproche Eternel, d'une indigne mémoire,
Sauve mon sang, toi-même, Israël, & ma gloire,
Et ta pitié cedant à de nobles efforts,
Laisse moi confondu dans la foule des morts.

ASSER.

Je dois songer plûtôt à me fraper moi même,
Votre malheur est grand, mais le mien est extrême,
Peut-être seul auteur du coup qui m'a perdu,
Je vois de toutes parts mon espoir confondu.
Quelques maux cependant que le Ciel nous envoye,
Pour sortir de la vie il est une autre voye.
C'est à moi de la suivre, & je cours sans effroi,
A ma gloire du moins rendre ce que je doi.

Il sort

SAUL.

Je t'entends, & je cours sur tes pas. . . .

MICHOL.

                                    Ah, mon Pere
Ah, Seigneur ! . .

S A U L , *des Gardes s'avancent.*

On m'arrête, & qu'eſt-ce qu'on eſpere ?
Quoi donc ? tout me trahit ?

SCENE IV.

SAUL , MICHOL , ELISE. UN ISRAELITE.

L'ISRAELITE.

Seigneur, que faites vous ?
D'où vous naît ce tranſport & cet ardent courroux ,
Tandis que Jonathas brûlant pour votre gloire ,
Aux Philiſtins encor diſpute la victoire ,
Signale ſa valeur par des coups éclatans . . .

SAUL.

Quoi, mon Fils vit encor ? Ciel ! qu'eſt-ce que j'entends ?

L'ISRAELITE.

Il vit , & ſon ardeur qui n'eſt que trop connuë ,
Par un ſecours puiſſant d'ailleurs eſt ſoutenuë.
Un Dieu, de Jonathas ſemble être encor l'appui.

SAUL.

Secourons-le, du moins ne mourons qu'avec lui.
Le plus affreux peril n'a rien qui m'épouvante.
Courons. Mais quel objet à mes yeux ſe preſente ?
Ne me trompai-je point ? & qu'eſt-ce que je voi ?

MICHOL.

Dieu tout puiſſant !

✶✶✶✶✶✶✶✶✶✶✶✶✶✶✶✶✶✶✶✶✶✶✶✶✶✶✶✶✶

SCENE V.

S A U L , M I C H O L , D A V I D , E L I S E .

D A V I D.

DAignez vous confier à moi ,
Seigneur. De tant d'horreurs sauvé malgré vous-
    même ,
Eprouvez jusqu'au bout cette faveur suprême.
Acceptez de mes Juifs le malheureux débris ,
Qui tout couvert du sang de vos fiers ennemis ,
Peut encor vous sauver, & vous , & la Princesse ;
Mais les momens sont chers & le peril vous presse.

S A U L.

O vertu que j'admire autant que je la crains !
Redoutable instrument des décrets souverains !
Quoi ! lorsque sur mon Fils , à mon ame éperduë,
Toute esperance encore alloit être renduë ?..

D A V I D.

Ne demandez qu'au Ciel le sort de Jonathas.

S A U L.

Achevez.

D A V I D.

Siceleg , Seigneur , vous tend les bras.
Je puis vous y conduire, allons daignez me suivre,
Prevenez les malheurs où ce grand jour vous livre.

S A U L.

Non, non de Jonathas je veux sçavoir le sort.
Allons , il n'est plus tems. O Ciel ! mon Fils est
    mort.
C'est Achas que je vois.

SCENE DERNIERE.

SAUL, MICHOL, DAVID, ELISE, ACHAS.

ACHAS.

A défobéïffance,
D'un Heros malheureux embraffoit la deffenfe ;
Lorfque dans le combat que le Ciel a permis,
Il tourne fes efforts contre vos ennemis.
A ce nombre de Juifs dont la terre e t couverte ,
Il ne fe croit que trop inftruit de votre perte.
Affer même à fes yeux percé de mille coups ,
Ne lui laiffoit , Seigneur, aucun efpoir fur vous.
Mais lui-même indigné de fes propre allarmes :
il faut du fang , dit-il , c'eft trop peu de mes larmes.
De vos Juifs auffitôt ralliant les débris ,
Il flatte leur courage , & vole aux ennemis.
Bientôt par fa prefence à vaincre accoûtumée ,
Il attire fur lui les forces de l'armée.
Son bras en foutenant l'effort de toutes parts ,
De mourans & de morts s'étoit fait des remparts.
Mais que peut la valeur, quand le nombre l'accable?
Il fubit de fon fort l'arrêt irrevocable ;
Et plus fier d'un peril qui les faifoit pâlir ,
Dans fon triomphe alors femble s'enfevelir.

SAUL.

Il eft mort !

ACHAS.

Accablé lui même de fa gloire ,
Seigneur , l'ennemi doute encor de fa victoire.
Et moi , contre mon fein j'allois tourner mon bras,

Quand Jonathas mourant adresse ici mes pas.
Ah ! si par un bonheur, m'a-t-il dit, que j'ignore ;
Si par un coup du Ciel mon Pere vit encore,
Tu peux lui dire, Achas, que je meurs satisfait.
Si mon sang répandu peut laver son forfait,
Contre lui du Seigneur appaiser la colere ;
Mais qu'aussi de ma mort j'exige pour salaire,
Que David, dont les vœux lui sont tout asservis ;
Trop digne de regner, lui tienne lieu de ils.
A ces mots … Ah Seigneur

S A U L se jette sur l'épée d'Achas, &
s'en frape.

　　　　　　　　O Justice severe !
Avec le sang du Fils reçoi celui du Pere.
　　　　　M I C H O L.
Dieu puissant !
　　　　　　S A U L.
　　　　Ç'en est fait, l'Eternel est vangé,
Ma faute est expiée & mon cœur soulagé.
　　　(*à David.*)
C'est à vous maintenant, Seigneur, que je m'adresse.
Vous voyez mes malheurs, vous sçavez ma ten-
　　　dresse.
A la main qui me perd vous devez imputer
Cet injuste courroux que j'ai fait éclater.
Mais des desseins du Ciel déplorable victime,
Dans mes plus grands transports vous eûtes mon
　　estime.
Jusques au bout, Seigneur, il faut la mériter.
Jurez-moi donc qu'au Trône où vous allez monter,
Vous ne confondrez point le crime & l'innocence,
Que mon sang joüira de la Toute-Puissance ;
Qu'avec le Sceptre enfin, Seigneur, ma Fille en
　　vous,
Va retrouver un Frere, un Pere, & son Epoux.
　　　　　D A V I D.
Et quel est votre soin dans ce moment funeste ?
Ah ! j'atteste à vos yeux la puissance celeste,

Que pour elle à jamais mon amour éclatant,
Que ma foi . . .

SAUL.

C'eft affez, Seigneur, je meurs content.
Recevez mes adieux, ma Fille, je vous laiffe,

(*à David*)

Sous la main qui m'accable , enfin tremblez fans
ceffe ,
Seigneur ; & profitant de cet exemple affreux,
Vivez auffi puiffant , & mourez plus heureux.

F I N.

PRIVILEGE DU ROY.

LOUIS PAR LA GRACE DE DIEU, Roy de France & de Navarre. A nos Amez & feaux Confeillers les Gens tenans nos Cours de Parlement, Maitres des Requêtes ordinaires de notre Hôtel, Grand Confeil, Prevôt de Paris, Baillifs, Senéchaux, leurs Lieutenans Civils, & autres nos Jufticiers qu'il appartiendra SALUT. Notre bien amée la Veuve RIBOU, Libraire à Paris, nous ayant fait remontrer qu'elle fouhaiteroit continuer à faire réimprimer & donner au Public, *Les Oeuvres de Theâtre de Campiftron, de Renard, avec fes Oeuvres Pofthumes, & de Rouffeau, avec la fuité du Theâtre François, ou Recüeil des meilleurs Piéces de Theâtre des Auteurs Anciens & Modernes*; S'il nous plaifoit lui accorder nos Lettres de continuation de Privilege fur ce néceffaires, & offrant pour cet effet de le faire réimprimer en bon papier & beaux Caracteres fuivant la feuille imprimée & attachée pour modele fous le contre-fçel des Prefentes. A ces Caufes, voulant traiter favroablement ladite Expofante, Nous lui avons permis & permettons par ces Prefentes de faire réimprimer lefdits Livres cy-deffus fpecifiez, en un ou plufieurs Volumes, conjointement ou feparément, & autant de fois que bon lui femblera, fur papier & caractere conforme à ladite feüille imprimée & attachée fous notre contre-fçel, & de les vendre, faire vendre & débiter par tout notre Royaume pendant le tems de huit années confécutives, à compter du jour de la datte defdites prefentes; Faifons deffenfes à toutes fortes de perfonnes de quelque qualité & condition qu'elles foient, d'en introduire d'impreffion étrangere dans aucun lieu de notre obeiffance. Comme auffi à tous les Libraires, Imprimeurs, & autres, d'imprimer ou faire imprimer, vendre ou faire vendre & débiter aucuns desdits Livres cy-deffus exposez en tout ni en partie, ni d'en faire aucun extraits sous quelque pretexte que ce soit, d'augmentation, correction, changement de titre, même en feüille separée ou autrement, sans la permiffion expreffe par écrit de ladite Expofante, ou de ceux qui auront droit d'elle, à peine de confifcation des exemplaires contrefaits, de six mille livres d'amende contre chacun des contrevenans, dont un tiers à Nous, un tiers à l'Hôtel-Dieu de Paris, l'autre tiers à ladite Expofante, & de tous dépens dommages & interêts. A la charge que ces prefentes feront enregiftrées tout au long fur le Regiftre de la Communauté des Libraires & Imprimeurs de Paris, dans trois mois de la datte d'icelles; que l'impreffion de ce Livre fera faite dans notre Royaume, & non ailleurs, & que l'Impétrante fe conformera en tout aux Réglemens de la Librairie, & notamment à celui du dixiéme Avril 1725. Et qu'avant que de les expofer en vente les manufcrits ou imprimés qui auront fervi de copie à l'impreffion defdits Livres, feront remis dans le même état où l'Approbation y avoit été donnée ès mains de notre très-cher & feal Chevalier, Garde des Sceaux de France, le fieur Chauvelin; & qu'il en fera enfuite remis deux exemplaires dans notre Bibliotheque publique, un dans celle de notre Château du Louvre, & un dans celle de notredit trèscher & feal Chevalier, Garde des Sceaux de France, le fieur Chauvelin : le tout à peine de nullité des Prefentes. Du contenu defquelles vous mandons & enjoignons de faire joüir l'Expofante ou fes ayans-caufe pleinement & paifiblement, fans fouffrir qu'il leur foit fait aucun trouble ou empefchement. Voulons que la Copie defdites Prefen-

tes, qui fera imprimée tout au long au commen-
cement ou à la fin defdits Livres ; foit tenuë pour
dûement fignifiée , & qu'aux Copies collation-
née , par l'une de nos Amez & feaux Confeillers &
Secretaires , foi foit ajoutée comme à l'original.
Commandons au premier notre Huiffier ou Ser-
gent, de faire pour l'exécution d'icelles tous actes
requis & néceffaires, fans demander autre permiffion, & nonobftant Clameur de Haro, Chartre
Normande, & Lettres à ce contraires. Car tel eft
notre plaifir Donné , à Paris le trentiéme jour
du mois de Novembre l'an de grace mil fept cent
trente, & de notre Regne le feiziéme.

PAR LE ROY en fon Confeil.
SAINSON.

*Regiftré fur le Regiftre VIII. de la Chambre
Royale des Libraires & Imprimeurs de Paris,
N°. 78. fol. 78. conformément aux anciens
Réglemens confirmez par celui du 28. Fevrier
1723. A Paris le 19. Decembre 1730.*

P. A. LEMERCIER , Syndic.